LA

PRINCESSE DE CONDÉ

A CHATEAUROUX

DRAME HISTORIQUE EN TROIS ACTES

CHATEAUROUX
ERNEST LOUBATIER, LIBRAIRE-EDITEUR
9, RUE DU PUITS-BRULÉ, 9

MDCCCLXXV

LA

PRINCESSE DE CONDÉ

A CHATEAUROUX

DRAME HISTORIQUE

Représenté sur le Théâtre de Châteauroux, le 25 avril 1875

LA PRINCESSE

DE CONDÉ

A CHATEAUROUX

DRAME HISTORIQUE EN TROIS ACTES

CHATEAUROUX
ERNEST LOUBATIER, LIBRAIRE-ÉDITEUR
3, RUE DU PUITS-BRULÉ, 3
MDCCCLXXV

CHATEAUROUX. — IMP. CENT. A. FAURÉ

AVERTISSEMENT

En lisant dans les récits du vieux temps ou dans les narrations modernes l'épisode qui a trait à mon héroïne, il m'a paru que c'était une bonne aetion de rendre justice à cette martyre de l'ancien régime, et qu'il y avait quelque interèt pour les habitants du Berry à se rappeler ce souvenir de leur histoire. Si, pour traiter ce sujet, j'ai adopté la forme dramatique, c'est surtout parce qu'elle frappe davantage l'imagination, et rend le passé plus accessible au grand nombre. Or, je crois que plus le peuple sera initié aux maux dont on souffrait autrefois, plus il estimera les biens dont nous jouissons et s'y rattachera.

Mon but a été simplement, on le voit, de mettre sur la scène les personnages, les caratères, les événements mêmes que renferme mon sujet. J'ai sacrifié volontairement l'intérêt, que donnent les fictions, à la réalité des faits, et si ce travail a un mérite, c'est celui-la.

On m'a reproché, entre autres défauts, quelques longueurs dans les dialogues et la simplicité « *trop cornelienne* » de l'action. Un critique ami a dit vrai, malgré sa bienveillance, quand il ne voit dans mon opuscule que « le délassement d'un esprit occupé à des travaux plus austères. » Je serais très-heureux, en revanche, qu'on y retrouvât ces « pensées profondes sur l'humanité, sur la vie, sur le XVIIe siècle, joints à un certain mérite de diction » que m'accorde certain Zoïle qui m'a fait expier son silence par des éloges tardifs, mais exagérés.

La représentation de la pièce, mutilée de plusieurs façons, n'a pas trop ennuyé les spectateurs d'élite qui l'ont honorée de leurs applaudissements. Je souhaite que, rétablie dans son intégrité (y compris quelques couplets qui, sans la musique, paraîtront médiocres), elle obtienne le même succès auprès d'un public dont le goût fin est tempéré par le solide bon sens. C'est dire que je compte qu'on me saura au moins gré de mes bonnes intentions.

L'AUTEUR

Châteauroux, 1er mai 1875.

PERSONNAGES

LE PRINCE DE CONDÉ, (Louis II de Bourbon).
LE DUC D'ENGHIEN, son fils (Henri-Jules de Bourbon).
LOUIS DE RABUTIN, page de la princesse.
DUVAL, intendant du prince.
MATHURIN, domestique de la princesse.
LA PRINCESSE DE CONDÉ (Claire-Clémence de Maillé-Brézé).
Mme LA MARQUISE DE LA MOTHE, dame d'honneur de la princesse
SYLVINE, fiancée de Mathurin.

PAYSANS ET PAYSANNES DU BERRY

Le drame se passe de 1670 à 1694. Costumes de la fin du XVIIe siècle.

LA PRINCESSE DE CONDÉ

ACTE PREMIER

Un Salon de l'hôtel de Condé, à Paris.

—

LE DUEL

SCÈNE PREMIÈRE

MATHURIN

Une lettre à la main. Il la pose sur un guéridon.

Quel malheur de ne pas savoir lire! Je ne puis même pas déchiffrer les adresses, encore moins écrire à Sylvine ma fiancée. Si jamais j'ai des enfants, je les enverrai à l'école. Le plus grand des malheurs, c'est le manque d'instruction. (En époussetant les meubles.) Ah! que je voudrais bien m'en retourner à Châteauroux! Quel bon temps que celui où les dimanches, l'après-midi, nous buvions le petit gris avec les amis du Chaumiot! Quand donc que je ferai encore danser une bourrée à Sylvine à la fête de Déols? Cette pauvre Sylvine, elle que j'aime tant, à laquelle j'ai promis le mariage, elle m'attend encore, après cinq ans d'absence, et elle a juré de ne point en accepter d'autre, dût-elle coiffer sainte Catherine encore dix ans. Voilà une femme comme il y en a peu, même en Berry ! Elle sait bien que ce n'est pas ma faute ! Si son père avait été moins riche, ce serait fait ; mais, pensez donc : il a deux boisselées de vigne et un pré, aussi m'a-t-il dit : « Tu auras ma fille Sylvine, car tu es un brave garçon, mais quand tu auras de quoi lui donner des nippes et vous mettre en ménage. » Et alors je suis venu à Paris dans l'espoir de mettre plus vite quelques sous de côté. Par la protection de M. le subdélégué de Châteauroux, je suis entré au service de Madame la Princesse. Oh ! pour être bien, on y est bien ; pas grand chose à faire, comme vous voyez ; le matin, à table, des habits tout d'or comme un duc et pair ; dans la ville, on ne sort qu'en carosse à quatre chevaux ; la cuisine est faite par un chef qui a été premier marmiton sous feu M. Vatel, celui qui s'est passé une épée à travers le corps, parce que la marée n'était pas arrivée à temps. Eh bien ! avec tout cela, je m'ennuie à crever. Voyez-vous, à ces lambris dorés, je préfère le grand air, à ces grandes allées droites, aux arbres taillés du Luxembourg, les sentiers dans les blés et les peupliers de la prairie, aux livrées brodées, ma blouse et mes sabots. Les duchesses de Versailles, les bourgeoises de Paris, ont beau me faire des avances, à moi, Mathurin (entre nous, on dit que je ne suis pas mal tourné, et maintenant que me voilà dégourdi, elles pourraient s'adresser plus mal). Je trouve que ma Sylvine, tout en se cachant sous sa grande capote noire, avec son minois rose, ses yeux futés, est cent fois plus jolie que toutes ces grandes dames. Croyez-en Mathurin, les grandeurs n'ont pu le corrompre, et c'est lui qui vous le dit : « Rien ne vaut la liberté, le pays natal et un baiser de sa promise » !

Il chante en fredonnant :

Sylvine voudrait me rejoindre,
Moi, je lui donne rendez-vous,
Un jour, aux bords fleuris de l'Indre.
Le bonheur n'est qu'à Châteauroux. *(bis)*

Il faut, pour n'avoir rien à craindre,
Quand on devient heureux époux,
S'unir, aux bords fleuris de l'Indre.
Le bonheur n'est qu'à Châteauroux. *(bis)*

(Duval entre pendant la dernière strophe ; il s'arrête et écoute)

SCÈNE II

MATHURIN, DUVAL

MATHURIN, se retournant et reprenant la lettre,

Tiens ! M. Duval ! comme toujours, en tapinois ! (A part.) Que vient encore faire ici ce maudit espion. (Haut.) Qu'y a-t-il pour votre service aujourd'hui ? Voilà plusieurs jours que vous aviez disparu.

DUVAL

As-tu fini, maraud ? ou veux-tu que je te mette à la porte. (A part.) Cette valetaille n'a aucun respect pour un homme de ma qualité ; un intendant de M. le prince. Vas ! tu me le paieras plus tard ! (Haut.) Pour le moment, mon cher Mathurin, je te prie de remettre cette lettre à Mme la Princesse ou à Mme de la Mothe, ce qui est tout un, puisque cette vieille duègne a su tellement capter notre maîtresse, qu'elle est devenue sa confidente en tout. Mais que tiens-tu à la main ? Ah ! une lettre. Oui ! je crois reconnaître l'écriture ; c'est, par ma foi, celle de ce gueux de Rabutin. Comment, le drôle, se mêle d'écrire encore à Mme la Princesse, quand je lui avais recommandé, bien plus, ordonné, de la part de M. le Prince, de cesser avec elle tout rapport à l'avenir. Est-ce qu'il écrit souvent de ces lettres?

MATHURIN

Vous savez bien que je n'en sais rien, puisque je ne sais pas lire. D'ailleurs, monsieur Duval, je ne suis pas, moi, un espion, et quand vous voudrez savoir du mal de quelqu'un, adressez-vous ailleurs: les Berrichons, sachez-le, n'ont pas le défaut de trahir leurs amis. Pour cette besogne, il vous faut chercher vos pareils.

DUVAL

Que dis-tu, pendard? si je ne me retenais, je te frotterais les épaules. (Il fait mine de lever la canne.)

MATHURIN

Je ne dis rien, au contraire! soyez sûr que votre commission sera faite.

DUVAL

Je reviendrai aujourd'hui même pour connaître le résultat. Au revoir, mon ami. (Il sort.)

MATHURIN seul

Ah bien oui, au revoir! Le coquin m'appelle maintenant son ami. Méfions nous! c'est qu'il a besoin de moi. Il a dû faire une mauvaise action ou en inventer une, sans cela il serait moins poli. Je crois qu'il a flairé quelque mauvaise affaire; avec quelle joie il s'est frotté les mains en voyant cette lettre de M. de Rabutin! C'est lui qui l'a accusé autrefois d'avoir une intrigue avec Mme la Princesse. Quand même ça serait! Depuis quand les grandes dames n'ont-elles plus d'aventures? Et moi qui vous parle, j'en ai entendu de belles de la sœur même de M. le Prince, Mme la duchesse de Longueville! Elle est grande dévote maintenant, mais ce n'était pas la même chose, à ce que disent les anciens, du temps de la Fronde, à preuve que son fils, M. de Saint-Paul, ressemblait, toujours à ce qu'on dit, à M. le duc de la Rochefoucauld, le grand moraliste ; il l'est devenu depuis qu'il a la goutte, qu'il est cloué sur sa chaise. Mais est-ce que cela regarde Duval? A moins qu'il ne soit payé par le mari pour surveiller la femme, on ne m'ôtera pas de l'esprit qu'il ne joue un vilain métier avec un front bas comme ça, ses yeux en coulisse, son air caffard; c'est ce qu'en Berry on appelle un ch'ti gas. Il est heureux que ce pauvre M. de Rabutin soit parti, il lui chercherait une querelle. Un si bon garçon, pas fier du tout, doux comme un agneau, timide comme une fille et joli, ma foi! enfin, quand ça serait une supposition, Mme la princesse aurait pu trouver plus mal! oh! Il ne faut pas en rire; en tout bien, tout honneur s'entend! C'est égal, quel monde singulier que le grand monde, comme c'est différent de chez nous. Voilà des honnêtes gens que les gens de Châteauroux et de Déols; ils se disputent bien quelquefois, mais tous entre berrichons, de vrais moutons, auxquels vous donneriez le bon Dieu sans confession. Tandis que ceux d'ici, chut!

SCÈNE III

Mme DE LA MOTHE, MATHURIN

Mme DE LA MOTHE

(D'un air rêveur) Pauvre princesse! si bonne et si malheureuse! Une femme douée de toutes les qualités de l'esprit, d'un cœur tendre, noble, généreux, elle qui a un si vif besoin d'être aimée et qui est encore plus digne de l'être! Vivre seule dans l'isolement et l'abandon, dédaignée de son mari dans tous les temps, éloignée de son fils unique depuis qu'il s'est marié! méprisée par sa belle-mère, Mme de Montmorency, calomniée par sa bru, la princesse Palatine, en proie aux médisances de la cour, aux risées de Paris! et cela quand on est la nièce du cardinal de Richelieu, au rang des altesses royales, princesse de Condé! Qu'a-t-elle donc fait? de quoi est-elle coupable? Son crime, hélas! c'est de ne pas être aimée de son époux, qu'elle a toujours aimé comme une femme fidèle et vertueuse. Il lui en veut de sa propre indifférence; il lui fait expier ses propres fautes. Celui qu'on appelle un héros et qui mérite ce glorieux nom, n'est que le plus injuste et le plus cruel des maris! Voilà les hommes vus de près! Voilà la vie que devait mener une princesse (elle aperçoit Mathurin). C'est toi, Mathurin, que fais-tu encore ici à cette heure, ton service devrait, il me semble, être terminé.

MATHURIN

Pardon, Madame, faites excuse! j'étais prêt à m'en aller, quand vous êtes entrée; je n'ai pas osé vous déranger, d'autant que ce que vous disiez était bien vrai, je suis de votre avis. Cette pauvre Madame la Princesse! croyez que...

MADAME DE LA MOTHE

Je crois que tu te mêles de ce qui ne te regarde pas; mais je te fais grâce pour tes bons sentiments. (Il lui présente les deux lettres). Qu'est-ce que ces deux lettres?

MATHURIN

Il y en a une de ce M. Duval, l'intendant; il l'a apportée lui-même. L'autre, il m'a dit qu'elle devait être de M. de Rabutin, l'ancien page. Il a reconnu l'écriture, à ce qu'il dit, par parenthèse, et il a fait la grimace, sauf votre respect, en la reconnaissant. Quel vilain être que cet être là ! je ne puis le digérer, et tous, nous sommes comme cela à l'hôtel.

Mme DE LA MOTHE

Tais-toi, on ne te demande pas ce que tu penses de M. Duval. Tu peux me laisser et vaquer à tes affaires. (Il sort à reculons en saluant.)

SCÈNE IV

Mme DE LA MOTHE, seule. (Elle s'assied près d'un guéridon et ouvre les lettres)

Voyons cela. Mme la princesse, m'honorant d'une confiance que je crois mériter, du reste, par une vie d'affection et de dévouement, n'a pas de secrets pour son ancienne institutrice devenue sa dame de compagnie, et elle exige que je prenne connaissance de sa correspondance, afin de lui épargner une lecture parfois fatigante et de lui donner les conseils de ma longue expérience. Voyons de quoi il est question. Que veut ce Duval? Sans doute encore quelque demande d'argent... C'est cela, j'avais deviné. Il est à la fois insolent et lâche ; il supplie et il menace; il se sent fort de la confiance du prince, dont il flatte la haine et la colère en lui débitant sur sa maîtresse des turpitudes que sa bassesse lui inspire et que, malheureusement, sa position rend croyables. D'un autre côté, ce qui l'encourage, c'est l'inépuisable bonté de celle qu'il calomnie ; il sait qu'elle est généreuse pour tous; que, pour ses serviteurs, ses mains sont toujours ouvertes, et, comme il n'ignore pas qu'elle tient, non par crainte, mais par amour du repos, à ménager ses domestiques et à conserver le favori de son mari, il abuse de ce caractère et des circonstances. Pourtant, il y a limite à tout. Il a déjà su extorquer une pension de 1,200 livres, sans compter les pots-de-vin avec les fermiers et les remises des fournisseurs, dont il ne se fait pas faute. Je conseillerai à la princesse ou de payer une dernière fois, pour Duval, ses dettes de jeu, — car tout le mal vient de ce vice qui en entraîne tant d'autres, — ou de profiter de l'occasion pour s'en débarrasser : ce sera une bête venimeuse de moins dans la maison ; au moins, s'il s'oublie contre elle, on ne pourra plus dire que c'est un témoin, on pourra encore l'écouter, mais on ne le croira plus. (Elle prend l'autre lettre.) Ah ! pour celle-ci, c'est bien différent... Ce cher Louis de Rabutin !... c'est lui-même ; il demande une audience à Mme la princesse, son ancienne maîtresee, avant de partir pour l'armée. Il ne veut pas, dit-il, au moment où il vient d'avoir de l'avancement et où il va courir des dangers, quitter Paris sans faire ses adieux à celle à qui il doit tout. Voilà un brave enfant, un cœur d'or, un vrai gentilhomme, celui-là ! Il n'a que seize ans : je suis sûre qu'il en remontrera aux plus braves, en fait de bravoure. Bourgogne et Bussy-Rabutin ! français par excellence, c'est-à-dire la vaillance, la franchise et l'esprit ! Comme il était joli à seize ans, quand il est arrivé de Dijon !... Quel page adorable !... Quel beau lieutenant il doit faire maintenant !... Quelle joie cette nouvelle va causer à Madame ! d'autant plus qu'elle ne s'y attend pas. Elle ne l'a pas pas vu depuis que le prince a exigé son départ sous prétexte d'une satire que le comte de Bussy aurait faite contre les Condés. Mais elle l'a élevé, pour ainsi dire ; elle s'était attachée à lui comme une mère ; c'est elle qui lui a fait donner son brevet d'enseigne. Depuis, elle en parle souvent et toujours avec intérêt ; elle est heureuse que je partage ces sentiments et qus j'approuve cette affection. Voilà qui compense un Duval, et excuse de faire le bien ; qui encourage une femme à se faire aimer, ce premier penchant de notre sexe, celui qui nous rend capables de tant de vertus, qui nous fait commettre nos plus grandes faiblesses... Que je suis heureuse de procurer un moment de bonheur à ma princesse!... Ils sont si rares pour elle... et encore je tremble toujours, tant le malheur rend défiant, tant les piéges nous assiégent de toutes parts, tant la fatalité semble avoir marqué les êtres d'élite du sceau de la persécution ! Dieu aie pitié de Clémence de Maillé-Brézé, princesse de Condé!... (Elle écoute.) J'entends marcher... c'est le pas lent et fatigué de la princesse. (Elle va ouvrir la porte.)

SCÈNE V

LA PRINCESSE, Mme DE LA MOTHE

LA PRINCESSE

Que disiez-vous donc ? Je vous entendais parler avec une certaine animation, mon amie. Y aurait-il du nouveau? et ce nouveau serait-il, comme toujours, une nouvelle tristesse pour nous?... Ne me cachez rien : vous savez que je suis résignée à tout et que le courage ne m'a jamais manqué. L'habitude d'être malheureux apprend à souffrir ; c'est un grand avantage que celui de nous rendre sensibles aux souffrances des petits et des humbles. Sans cela, les grands oublieraient trop vite qu'ils ne sont que de chair et de boue.

Mme DE LA MOTHE

Je puis vous rassurer, princesse. Grâce à Dieu, aucun nuage à l'horizon qui puisse assombrir votre beau front, et arracher des larmes à vos yeux charmants.

LA PRINCESSE

Vous me gâtez toujours, comme si j'avais douze ans et si j'étais une petite pensionnaire. Chère amie, oubliez-vous que votre ancienne élève a quarante ans passés? que pour moi les années ont été longues? que j'ai vieilli avant l'âge?... Mais, puisque vous badinez, c'est signe de bon temps. Avez-vous reçu une lettre de Chantilly ou de Versailles?... Vous ne répondez pas?... Hélas! c'est toujours le même silence, le même oubli!... M. le prince, mon illustre époux, ne quitte plus cette somptueuse retraite, cette rivale de Versailles dont il me tient éloignée. Depuis cette fameuse fête qu'il a donnée au roi et dont j'ai su les détails par la lettre de Mme la marquise de Sévigné, arrivée jusqu'à moi par l'indiscrétion de mon petit page, il n'a plus quitté ces beaux lieux. Il se plaît à les embellir tous les jours; il y vit, dit-on, entouré des compagnons de ses glorieuses campagnes, avec M. Bossuet, l'évêque de Meaux, son voisin. Mais celle qui devrait y être à ses côtés, partager tous ses soins et ses plaisirs, est pour jamais exclue de Chantilly. (Elle tombe sur le canapé.) Je suis traitée, non-seulement comme une étrangère, mais comme une pestiférée! (Elle serre sa tête de ses mains, comme si elle sanglottait.)

Mme DE LA MOTHE

Peut-être M. le prince reviendra-t-il quelque jour; espérez encore.

LA PRINCESSE

Jamais! vous dis-je. Autrefois, il restait ici une partie de l'année, le temps qu'il ne consacrait pas au roi ou ne passait pas aux armées; maintenant, il évite de paraître chez lui, et voilà qu'il ne daigne plus même m'écrire : il lui coûterait de me donner cette dernière preuve d'affection, d'estime au moins. Est-ce tout? Mon fils suit l'exemple paternel : il néglige sa mère, que dis-je? il la méconnaît... Et ne dites pas que ce sont les fêtes de Versailles qui le distraient!... Autrefois, il trouvait bien des loisirs pour venir passer quelques jours près de sa mère. On accuse ma bru de me décrier près de son mari. Pour une femme si jeune, je ne puis croire à tant de noirceur. Que lui ai-je fait, à cette inconnue? M'en veut-elle des fautes de sa mère, cette princesse palatine dont l'influence sur mon époux a été si funeste?... Quoi qu'il en soit, mon fils est maintenant perdu pour moi. Me voilà seule au monde, et si vous ne me restiez, vous la meilleure des femmes, la plus fidèle des amies, la plus prudente, la plus discrète des conseillères, je n'aurais plus même cette dernière ressource des malheureux, de sentir que quelqu'un partage leurs douleurs et peut entendre leurs plaintes.

Mme DE LA MOTHE

Il est vrai, madame, que vous pouvez compter sur moi : je n'ai pas oublié la promesse que j'ai faite à votre mère quand, mourante, elle vous a confiée à moi. M. le maréchal votre père, lui aussi, oubliant ses devoirs, avait donné une rivale à cette excellente femme, pendant sa vie. Après sa mort, il ne pensa plus à vous. C'est moi qui vous ai allaitée, vue grandir et embellir sous mes yeux. Je croyais qu'en vous donnant un époux, il n'aurait songé qu'à remplacer votre mère et moi. Hélas! combien je m'étais trompée!... Dès que vous m'avez rappelée, je suis revenue; je ne vous quitterai plus qu'en quittant la terre, et je ne désire vivre que parce que sans moi..... Oh! rien que cette pensée me glace d'effroi.

LA PRINCESSE, la serrant sur son cœur

C'est à mon tour de vous consoler; on est fort quand on s'appuie l'une sur l'autre. Confiance en Dieu! m'avez-vous toujours dit, et je vous redis : Confiance en Dieu! La Providence se fatiguera peut-être d'être si dure pour nous, car, pour les hommes, ils nous ont abandonnées.

Mme DE LA MOTHE, lui tendant les lettres

Le malheur rend parfois injuste. Tenez, veuillez lire ceci.

LA PRINCESSE (Elle lit une des lettres)

Eh bien! je tombe mal pour vous : voilà qui, justement, confirme mon pessimisme. Ce Duval que j'ai conservé malgré son ingratitude, ses vices, lui qu'on accuse de me trahir, que dis-je? de me calomnier près de M. le prince, lui à qui j'ai déjà accordé une pension longtemps avant qu'il ne soit incapable de servir, il réclame de moi de nouvelles sommes. Il a l'effronterie d'avouer que c'est pour payer des dettes de jeu, et il me prévient qu'en cas de refus, il s'adressera à mon époux, qui sait tout... Le misérable!... Que faire?... Céder encore une fois.

Mme DE LA MOTHE

Non! mais le renvoyer. En voilà assez; vos bontés ne l'ont que trop encouragé. Puisque vous ne savez pas dire non, laissez-moi le recevoir ou lui écrire, et que ce soit fini : je vous le demande pour votre repos, votre sécurité. S'il rentre ici, croyez que, tôt ou tard, ce sera à moi, à vous peut-être, d'en sortir. Maintenant, veuillez lire la seconde lettre; elle est de votre ancien page, de Louis de Rabutin.

LA PRINCESSE

Louis de Rabutin!... Ciel! oui, c'est bien son écriture. Il va être ici aujourd'hui même. Qu'il soit le bienvenu!... Vous avez bien raison de dire qu'il est parfois de bons moments dans la vie et qu'il y a encore de braves gens sur la terre. Lui, du moins, ne m'a pas trompée, ce n'est pas un ingrat. Mais aussi, — dois-je vous l'avouer, à vous qui connaissez toutes mes pensées, pour laquelle ma vie n'a pas un secret, — ah! oui, je l'aimais bien... Il me semble qu'une mère ne chérit pas plus son enfant, ni une sœur son frère. Il avait la grâce et la naïveté de son âge; sa gaîté dissipait mes tristesses; ses réparties m'arrachaient un sourire. Quelle docilité! quel zèle à apprendre! et une piété de jeune fille!... Comme il étaii fier de m'accompagner! comme il allait au-devant de mes moindres désirs!... Et puis, son arrivée concorde avec le mariage de mon fils. J'étais isolée; je sentais un vide affreux, et, quand on a aimé, ce ne sont pas les vains plaisirs du monde qui peuvent vous suffire : ils fatiguent, voilà tout. Je parle de ces femmes qui, comme vous et moi, ont un peu de cœur et n'ont pas trahi leur sexe. Nous sommes tellement unies par la maternité, princesses ou femmes nées du peuple, — qu'importe le rang en face de la nature? — que, quand celle-ci ne nous a pas donné d'enfants ou que la société nous les enlève, nous adoptons les enfants des autres. Aussi bien, puisque ce cœur est insatiable d'amour, pourquoi lui refuser un aliment, le meilleur de tous?... Je n'ai pas raisonné, moi, j'ai suivi mon penchant : c'est ainsi que je me suis laissée aller à regarder cet enfant comme le mien, à le traiter presque comme un fils! Vous savez si je dis vrai, si je me trompe sur le caractère de mes sentiments à l'égard de Louis de Rabutin. Etais-je coupable de lui vouer cette affection, — qu'il méritait, d'ailleurs, — après que ceux qui y avaient droit l'avaient repoussée?

Il a plu à M. mon mari de retirer ce jeune homme d'auprès de moi ; je n'ai pu imaginer pour quel motif, et je cherche encore en vain, ne pouvant admettre un moment ceux qu'on m'en a donnés, tant ils sont invraisemblables et odieux : il est un genre de scélératesse dont une âme noble peut être victime, mais auquel elle ne croit jamais. Je connais la bassesse de Duval ; mais, qu'il ait été jusqu'à calomnier une femme innocente et, de plus, malheureuse, c'est impossible... J'ai accepté cette nouvelle privation avec résignation, me bornant à suivre de mes vœux mon jeune protégé dans sa carrière, puisque je ne pouvais plus le guider de mes conseils. Comme il revient pour un moment et que cette entrevue sera la dernière, je ne puis lui refuser cette audience ; je le recevrai même avec joie... Si vous m'approuvez, faites-le prévenir que je l'attends, qu'il ne peut jamais être que le bienvenu près de son ancienne maîtresse.

Mme DE LA MOTHE

Je m'empresse de faire vos deux commissions. Je vais signifier à Duval son renvoi définitif, et avertir M. de Rabutin de votre invitation. (Elle sort.)

SCÈNE VI

LA PRINCESSE (seule, se promenant avec agitation.)

Je ne sais pourquoi, mais mon pauvre cœur bat à se rompre, et, en même temps, je tremble comme si j'avais peur. Cette entrevue m'est pourtant d'autant plus agréable que c'est une surprise ; mais, en même temps, je la redoute comme un danger. Serait-ce un doux rayon du matin, prêt à dissiper la sombre nuit dont je suis enveloppée de tous côtés ? Ne serait-ce pas plutôt un éclair jaillissant du sein de la tempête, pour éclairer le naufrage où je vais être engloutie? Pourquoi craindrais-je? ma conscience me reproche-t-elle quelque chose? Ai-je un instant failli aux devoirs sacrés d'épouse et de mère? Ai-je même cessé d'être dévouée à ce mari, à ce fils, qui me délaissent et me dédaignent. Ne pouvant plus rien que par mes larmes, je demande au ciel, tous les jours, de les ramener auprès de moi, et il m'est témoin que je bénirai l'heure qui nous réunira tous. Oui! mais je sais que mon mari m'en veut; précisément parce que je suis innocente, il a hâte de se venger des remords qu'il doit éprouver. Qui sait s'il ne cherche pas les moyens de me perdre tout à fait pour justifier sa conduite, s'il ne trouvera pas là, enfin, l'occasion qu'il attend de me compromettre! Et maintenant je ne puis plus compter sur l'intervention de ce fils froid, indifférent, éloigné volontairement, qui laissera flétrir sa mère sans pitié ni regret. Mais pourquoi cette peur, pourquoi ces appréhensions? Le seul être capable de me trahir, ce misérable Duval est un lâche; un hasard heureux m'oblige de le renvoyer, et tous mes autres serviteurs sont dévoués et discrets. Pourquoi ne pas céder aux vœux de mon cœur, ne pas donner à une affection si pieuse un court moment de satisfaction? Cet étranger, qui, en fait, est mon enfant, à force de tendresse et de soins, je vais le revoir, lui parler, après une séparation qui m'a semblé éternelle, et ce sera peut-être pour la dernière fois! Comment me soustraire à ce plaisir que donne la présence du seul être à qui je me sens chère, et qui vient m'exprimer ses sentiments avec effusion et sans détour. Le beau de la jeunesse, c'est d'aimer avec ardeur et de ne pas savoir encore tromper. Plus tard, les hommes nous font leurs protestations en paroles de feu, mais l'intérêt glace leurs cœurs. La femme n'est plus pour eux qu'un instrument d'ambition, la dupe de leurs intérêts, ou, ce qui est pire, hélas! la victime sacrifiée à une minute de brutale volupté.

Pour moi, je n'ai point à craindre que cet honnête garçon sorte des bornes de la bienséance et du respect; je suis une mère pour lui et son affection est trop candide, trop sincère, pour que l'image d'une passion profane effleure même sa pensée; c'est un rêve, mais le rêve d'un passé qui revit devant moi et qui n'a pas été sans quelque douceur. Ce page, que j'ai vu si petit, rose et blond, il va reparaître sous la forme d'un beau mousquetaire, à la taille élancée, à l'air martial. Je crois déjà le voir revenir des champs de bataille, couvert de glorieux lauriers, qu'il s'empressera, en vrai chevalier français, de déposer aux pieds de la dame de ses pensées. Mais cette femme, heureuse entre toutes, sera-ce encore moi? Ah! pauvres êtres, que nous sommes faibles et crédules, quand c'est le cœur qui nous parle.

SCÈNE VII

LA PRINCESSE, RABUTIN

(Rabutin entre précipitamment, il se jette aux pieds de la princesse).

RABUTIN

Chère maîtresse! Excusez, pardonnez, je me sens tout troublé, tout confus. Après une si longue absence, me voilà donc à vos pieds, moi votre page Rabutin. Comme j'attendais ce moment depuis longtemps! et avec quelle joie je l'ai saisie cette occasion de vous témoigner ma fidélité, mon dévouement, mon am....

LA PRINCESSE, le relevant

Calme-toi, mon enfant: moi aussi je partage ton bonheur. Je suis si heureuse de te revoir! Je te retrouve grandi, un beau cavalier, ma foi! et qui promet au roi un brave officier, un loyal défenseur à la France. Je savais, par ta lettre, que tu allais venir, mais apprends-moi toi-même le motif de cette bonne visite ?

RABUTIN

Madame, je dois rejoindre mon régiment à la frontière du Rhin ; on parle d'une guerre imminente et je vais quitter Paris. Qui sait si je reviendrai ? La guerre a bien des hasards et vous me connaissez assez pour savoir que je ne reculerai jamais. Ce n'est pas l'habitude des Rabutin, et j'ai été élevé à la bonne école : celle de mon oncle Bussy et des Condé. D'ailleurs, pour un cadet de famille comme moi, il n'y a qu'un moyen de parvenir, marcher en avant, sauf à être tué. Vous comprenez que, partant avec ces intentions, je n'ai eu qu'une pensée, qu'un désir : faire mes adieux à Mme la Princesse, à celle que j'ai eu l'honneur de servir dès mon enfance, qui n'a pas été pour moi seulement une excellente maîtresse, mais qui a eu à mon égard les soins, la tendresse d'une mère. Que ne vous dois-je pas ? Mon éducation a été conforme à mon rang ; c'est à vos frais et sous vos yeux que j'ai reçu ce premier des bienfaits. Plus tard, quand il m'a fallu songer à une carrière, c'est vous qui, à mon insu et en secret, m'avez fait obtenir mon premier grade, celui qûi m'a ouvert le chemin des honneurs et de la gloire. Enfin, Madame, je vous dois plus, je vous dois l'exemple de toutes les vertus que vous prodiguez, mais inutilement hélas, à tous les vôtres, de cette bonté qui va chercher le plus humble, le plus modeste de vos serviteurs. Ce souvenir fera de moi un honnête homme toute la vie, et m'oblige à répondre à vos bienfaits par une reconnaissance qui ne les égalera jamais, et c'est là mon seul regret. Est-ce tout ? non, les jours les plus heureux de mon enfance, je les ai passés près de vous, et grâce à vons, votre image fait partie de mes meilleurs souvenirs. Ce qui, depuis, m'a soutenu et m'encourage chaque jour au bien, c'est l'assurance que votre pensée me suit de loin; c'est l'espérance de vous témoigner ma gratitude en me montrant digne de votre protection, et, faut-il le dire, malgré ma pauvreté et ma faiblesse, la croyance qu'il me sera donné de vous retrouver, de vous servir encore. Voilà, Princesse, pourquoi je suis ici; c'était pour vous dire, en face, ce que que j'ai toujours senti, toujours pensé.

LA PRINCESSE

Crois-tu que j'ignorais ces choses? non. C'est par le cœur que nous voyons, nous autres femmes, et cette divination est inflexible. Je rends justice à tes bons sentiments, et c'est pour moi une récompense suffisante du peu que j'ai fait pour toi. Le plus grand de nos plaisirs est de faire le bien à ceux qui savent le reconnaître; mais tu exagères mon mérite : je n'ai fait que payer une dette de famille. Tu sais que les Condés sont gouverneurs, de père en fils, de ton pays, de la Bourgogne : c'était donc à mon mari à servir de protecteur à la jeune noblesse de cette belle province, si féconde en guerriers. Et quel usage plus doux de mes loisirs, quelle distraction plus sûre dans mon isolement, que d'éveiller en toi les premières étincelles de l'intelligence, de développer tant de bonnes qualités. En retour, tu faisais tout pour dissiper mes ennuis, adoucir mes chagrins. On aurait dit que tu comprenais la cause secrète de tous mes maux, et que tu voulais compenser, par ta seule affection, celle dont j'étais privée si injustement. Voilà ce qui t'a conquis mon cœur! voilà pourquoi il est à toi pour la vie!

RABUTIN

Vous me flattez, madame. En agissant comme je

l'ai fait, je ne faisais que mon plus strict devoir, et qu'il était au-dessous de vos droits!... Qui donc, témoin de tant de vertus, quand elles étaient relevées par les charmes de la beauté et les grâces de l'esprit, quand le malheur vous entourait de son auréole, que la pitié — pardonnez-moi ce mot — se mêlait à la vénération, qui donc n'aurait pas été touché, ravi, subjugué? Oui, madame, c'est vous qui avez fait battre ce cœur pour la première fois, et j'en bénis le ciel. L'image, le nom de ma bonne et adorable maîtresse se sont mêlés à mon sentiment pour l'allumer et le purifier à la fois... et je prononcerais le nom d'amour si ce nom exprimait tout ce que j'éprouve, s'il n'était au-dessous.....

LA PRINCESSE

Assez, mon enfant... A ton âge, on se laisse entraîner par l'enthousiasme, je le vois; mais tu ne sais pas que de telles émotions sont contagieuses, même au mien... Je dois être sage pour nous deux et craindre tout ce qui, caressant l'illusion toujours trompeuse, et ranimant des espérances sans cesse renaissantes, me ferait oublier, non mes devoirs et mon honneur, mais la froide et triste réalité. Va... laisse-moi... C'est précisément parce que cette séparation immédiate me brise le cœur qu'elle est nécessaire. Tu m'écriras souvent, et n'oublie pas, quand même tu aimerais, — et tu aimeras, un jour, — que tu as eu, qu'il te restera une amie dans celle qui t parle et qui pleurera en te disant adieu.

RABUTIN

J'obéis, madame, en vous remerciant mille et mille fois de ces promesses. Rappelez-vous, de votre côté, que je reste votre serviteur à la vie et à la mort; permettez-moi, avant de vous quitter, de vous manifester une crainte, folle peut-être... mais enfin, tout peut arriver. Ce Duval, votre intendant, je ne sais si c'est ma vieille antipathie pour lui qui me rend prévoyant, mais je le soupçonne de mauvais desseins. Mme de la Mothe m'a prévenu tout-à-l'heure de vos intentions à son égard ; j'ai approuvé votre sévérité et votre courage. Lui parti, ce sera un ennemi de moins dans votre intérieur, et il me semble que le mauvais génie de votre vie ne sera plus là. Seulement, il est à craindre que, réduit aux dernières extrémités, pressé par son amour-propre humilié, cet homme n'ait recours à quelque intrigue, à quelque machination pour vous entraîner dans sa perte. Sachez que tout-à-l'heure, en arrivant, je l'ai vu rôder autour de l'hôtel ; il m'a semblé qu'il avait même une mine plus sombre et plus méchante que d'habitude.

LA PRINCESSE

Que veux-tu dire ?... Le croirais-tu capable d'un crime ?...

RABUTIN

Je ne conclus rien, sinon que vous ferez bien de vous tenir sur vos gardes... Si jamais il manquait à ce qu'il vous doit, s'il vous insultait, s'il recommençait ses calomnies, je serai là, et à votre premier appel...

LA PRINCESSE

Merci ! je compte sur toi et j'accepte l'offre de ton dévouement ; mais je n'en aurai pas besoin, j'en suis sûre. Ne songeons qu'à toi... Il me vient une idée ; j'allais oublier l'essentiel au moment d'un départ. Te voilà avec un brevet, mais j'entends dire que M. de Louvois, votre ministre, n'est pas plus généreux pour ses subordonnés qu'il n'a été humain pour nos ennemis. Il te faut un nouvel équipement et, de plus, un beau cheval ; or, tu n'as pu faire d'économies et ta famille ne saurait t'avancer d'argent. Laisse-moi me charger de ces menus détails; je vais m'informer s'il y a, dans les écuries de l'hôtel, un destrier digne de porter un tel chevalier.

RABUTIN

C'en est trop, madame, et la grâce que vous mettez dans vos bienfaits en redouble la valeur. J'avoue que j'aurais désiré emporter de vous un souvenir, mais ce souvenir est à la fois plus et moins que le beau présent dont vous me parlez; j'hésitais à vous le demander, mais votre bonté me donne de l'audace.

LA PRINCESSE

Parle ; que veux-tu ?

RABUTIN

Un objet de peu de valeur, mais qui vaut pour moi plus que tout le reste; tenez... ce ruban qui ceint votre bras en guise de bracelet.

LA PRINCESSE

N'est-ce que cela ? Si un ruban suffit pour te rendre heureux, c'est un sacrifice facile, en vérité; mais je ne puis moi-même le dénouer... Comment faire ?

RABUTIN

Permettez-moi... j'essayerai. (Il met un genou en terre et dénoue le ruban ; puis, prenant la main de la princesse, il la porte à ses lèvres. Au même moment, Duval entr'ouvre la porte du fond et apparaît à moitié.)

LA PRINCESSE (Elle se lève effrayée et fuit rapidement.)

Ciel !... qu'y a-t-il ?... Adieu !... que le ciel te protége !...

RABUTIN, se relevant

A vous mon cœur, mon âme! à vous pour la vie!...

SCÈNE VIII

RABUTIN, DUVAL

DUVAL

Mme la Princesse, s'il vous plaît? On m'avait dit que je la trouverais encore ici.

RABUTIN, à part

M'est avis que le gueux en sait plus que ce qu'il ne dit. (Haut) Elle vient de sortir à l'instant même.

DUVAL

Tiens! en effet! mais je ne me trompe pas, n'êtes-vous M. de Rabutin, autrefois page de Mme la Princesse.

RABUTIN

Et maintenant lieutenant dans les armées de Sa Majesté. Vous n'avez pas beaucoup de mémoire monsieur Duval, ce me semble.

DUVAL

Pardonnez mon hésitation. Vous avez tellement changé depuis que vous avez quitté l'hôtel, que je ne vous reconnaissais pas, Monsieur; j'ai la vue affaiblie.

RABUTIN

Il n'y a pas longtemps alors, mais moi je vous distinguerais de bien loin. Vous avez une de ces figures qu'on n'oublie pas.

DUVAL

Trève aux compliments ! Que je suis heureux de vous retrouver ici ; j'avoue que j'étais à cent mille pieds de cette idée.

RABUTIN

Et moi je suis aussi très-surpris de vous y retrouver encore ; après tant et de si honorables services, vous auriez dû voir que le moment de prendre votre retraite avait sonné.

DUVAL

Oh ! je ne suis pas si pressé. Serait-ce une indiscrétion de vous demander le sujet qui vous a amené en ces lieux, si subitement.

RABUTIN

Oh ! quelque chose de fort simple, de fort naturel ; je dois tout, vous le savez, à notre commune maîtresse ; elle a eu pour moi mille bontés ; prêt à m'exiler de Paris, j'ai cru devoir revenir déposer à ses pieds mes hommages et mes respects avec l'assurance de mon dévouement.

DUVAL, à part

A ses pieds ! le mot est juste, l'heureux coquin ! (Haut) Cela se comprend, en effet, et vous partez de suite ?

RABUTIN

Oui, de suite ! Je serais déjà hors d'ici si la Princesse elle-même ne m'avait obligé de l'attendre un moment. Dussiez-vous en crever de dépit, monsieur Duval, elle veut m'obliger à accepter un cheval de ses écuries.

DUVAL

Un de ces magnifiques chevaux de M. le Prince, qui coûtent les yeux de la tête, et moi, non-seulement on me refuse une aumôme, mais on me met à la porte. Ah si j'étais plus jeune ! quelle justice !

RABUTIN

Ah bah! Cela pourrait bien être ce que vous dites, et plus que vous ne le croyez, aussi bien pour vous que pour moi. Vous est-il donc arrivé quelque malheur ?

DUVAL

Vous faites semblant de ne rien savoir; Mme de la Mothe a pourtant bon caquet. Soit; j'ai des ennemis, vous les connaissez peut-être ; on m'en veut à mort à l'hôtel, pourquoi? parce que j'ai toujours servi trop fidèlement mes maîtres. Parce que j'ai parfois pris le parti de M. le Prince, comme si ce n'était pas mon devoir, à moi son intendant, à moi son homme de confiance; c'est pour cela, sans doute, que ma présence gêne certaines personnes ici, et on se sert du prétexte que je quémande toujours, que j'ai abusé de la générosité de Mme la Princesse pour me signifier mon congé; mais je ne suis pas si facile à renvoyer que cela. M. le Prince me connaît, c'est lui qui m'a placé et maintenu chez la Princesse, sa femme (il avait ses raisons pour cela), et j'espère qu'il me soutiendra dans cette affaire. En attendant convenez que tout n'est qu'heur et malheur dans la vie. On chasse l'un, on cajole l'autre. Qu'avez-vous fait pour être si bien en cour ? Vous vous êtes donné la peine de naître; vous êtes jeune, beau garçon, vous avez su plaire, enfin.

RABUTIN

Vous paraissez jaloux de moi; li n'y a pourtant pas de quoi, et votre disgrâce vous rend bien injuste. Si, comme vous l'insinuez, j'ai plu quelque peu à notre bonne maîtresse, c'est que je me bornais à la servir de mon mieux, au lieu de la surveiller comme on vous en accuse; c'est que, loin de lui être à charge par des dettes criardes, j'ai eu la discrétion de m'en remettre à sa bonté. Vous voyez que j'ai bien fait; c'est encore à mon corps défendant que je reçois d'elle ce riche cadeau, et devriez-vous en être jaloux?

DUVAL

Allons donc! au contraire. Mais puisque vous êtes au mieux avec elle, ne pouvez-vous pas me rendre un service d'ami, d'ancien camarade?

RABUTIN

Vous oubliez, monsieur Duval, que je n'ai jamais été votre ami: la différence d'âge, seule, m'eût empêché, sans compter d'autres motifs que vous me dispenserez d'énumérer; quant au titre de camarade, cela ne se donne qu'entre gens de la même classe: or je suis gentilhomme, et vous vous n'êtes qu'un...

DUVAL

Roturier! n'est-ce pas? Vous êtes dans l'erreur, jeune homme; je porte l'épée comme vous et j'en ai le droit.

RABUTIN

Peu m'importe, du reste; je ferais volontiers ce que vous désirez, quoique j'aie toute raison de croire que vous n'en auriez pas fait autant à mon égard. Si j'en crois le bruit qui a circulé lors de mon départ, vous y avez bien été pour quelque chose. Ce n'est pas toutefois cela qui m'arrêterait ; je sais oublier et pardonner ; mais je ne vois pas en quoi mon intervention pourrait vous être utile ; vous vous exagérez assurément ma faible influence près de Mme la Princesse. D'ailleurs, pour qu'elle ait pris cette détermination, elle a dû avoir, elle si patiente, toujours trop indulgente, tranchons le mot, pour ceux qui l'entourent, des motifs d'une gravité telle que....

DUVAL

Cela veut-il dire, en bon français, que vous refusez de me sauver ?

RABUTIN

Oui, tout en regrettant et en déplorant votre situation.

DUVAL

Alors c'est une guerre à mort entre vous et moi.

RABUTIN

Comment, une guerre à mort. Que voulez-vous dire ?

DUVAL

Je veux dire que je trouverai bien le moyen de me venger de deux femmelettes et d'un damoiseau comme vous.

RABUTIN

Voilà qui n'est pas poli, au moins pour Mme la Princesse et Mme de la Mothe, et je voudrais bien savoir comment vous vous y prendriez. Sachez seulement que ce damoiseau a bec et ongles. Ce que vous pouvez dire ou faire contre moi ne me préoccupe guère ; mais si vous avez le malheur, entendez-vous, de dire un mot, un seul mot qui sonne mal à mes oreilles, sur notre maîtresse commune, voilà de quoi vous répondre. (Il met la main sur la poignée de son épée.)

DUVAL

Oh ! oh ! mon petit monsieur, il faudrait un autre paladin que vous pour me faire peur. Je suis si rassuré que je vais vous satisfaire de suite. Je vous jure que M. le Prince saura, demain matin, ce qui vient de se passer chez lui, dans sa maison.

RABUTIN

Que voulez-vous dire? C'est moi qui, maintenant, exige que vous alliez jusqu'au bout.

DUVAL

Oh mon Dieu ! rien, sinon que vous êtes au mieux avec Mme la Princesse, et qu'en conséquence...

RABUTIN

Quel est ce langage? Voulez-vous faire entendre qu'entre elle et moi il y aurait des relations que l'honneur défend ; que j'aurais eu l'infamie de déshonorer....

DUVAL

Ce sera ce qui vous plaira. Pour moi, j'ai vu ce que j'ai vu...

RABUTIN

Qu'avez-vous vu ? Où et quand ? Allons, pas d'ambiguité et de réticence ! expliquez-vous une bonne fois ?

DUVAL

Mais, il n'y a qu'un instant... J'ai entendu... oh ! c'était sans le vouloir, croyez le bien.

RABUTIN

Misérable! Lâche! Vous écoutez aux portes, selon les habitudes des gens de votre espèce. Eh bien! alors, vous savez que vous en avez menti.

DUVAL

Ah! j'ai menti! Pourquoi étiez-vous donc aux genoux de la Princesse, quand je suis entré? et pourquoi s'est-elle enfuie si vite quand elle a entendu du bruit? Qu'en dites-vous?

RABUTIN

Je dis que vous allez vous rétracter de suite, ou vous ne sortirez pas vivant d'ici.

DUVAL

Je ferai ce qu'il me plaira! Commencez par sortir vous-même?

RABUTIN

Comment, sortir? est-ce pour nous battre ailleurs?

DUVAL

Nous verrons plus tard. Sortez, vous dis-je. Je suis ici chez moi; vous entendez, je pense.

RABUTIN

Quelle infamie! c'est trop d'insolence à la fin. En garde, misérable. (Ils croisent le fer.)

SCÈNE IX

RABUTIN, DUVAL, LA PRINCESSE
Mme DE LA MOTHE, MATHURIN

LA PRINCESSE, apparaissant suivie de Mme de la Mothe et de domestiques

Qu'est-ce que ce bruit? On se bat! Vous deux, ici, chez moi.... Respectez du moins la demeure d'une femme. (Elle s'avance pour séparer les combattants. Duval l'atteint à la poitrine : elle s'affaisse en poussant un cri.) Je suis blessée! à moi! (Mme de la Mothe et Mathurin la relèvent et la placent dans un fauteuil : elle s'évanouit.)

DUVAL, fuyant vers la porte

Ce n'est pas fini. On entendra parler bientôt de moi!

RABUTIN, se précipitant aux pieds de la Princesse

Mon Dieu, quel affreux malheur! Si du moins le scélérat était mort de ma main!

LA PRINCESSE, ouvrant enfin les yeux

Ce ne sera rien! Bénissons Dieu! je suis arrivée à temps pour empêcher un assassinat. Puisque tu es sauvé, mon pauvre enfant, tout est bien.

(On emmène la princesse.)

FIN DU PREMIER ACTE

ACTE DEUXIÈME

Hôtel de Condé. Appartement de la Princesse

—

LA LETTRE DE CACHET

SCÈNE PREMIÈRE

LE PRINCE DE CONDÉ

(D'un air rêveur. Il s'assied et se lève tour à tour avec agitation.)

Quel étrange événement ! quelle sanglante catastrophe ! Qui se serait jamais attendu à une aventure pareille, chez moi, dans mon hôtel ? Et l'héroïne de la tragédie, c'est la princesse elle-même, la femme qui porte le nom de Condé !...

Est-ce bien possible ? n'est-ce pas un rêve affreux ? Non, hélas ! J'étais hier encore à Chantilly, dans cette magnifique retraite que j'ai préparée à ma vieillesse, où, entouré de mes anciens compagnons, je me repose enfin de mes victoires, partagé entre les plaisirs de la conversation et ceux de l'étude ; le matin, surveillant l'éducation de mon petit-fils ; l'après-midi, me promenant parmi les merveilles de mes jardins ou chassant le cerf dans les forêts séculaires. Me voici maintenant dans cet hôtel où je n'ai pas mis les pieds depuis tant d'années, qui m'est en horreur depuis que cette femme l'habite, et où j'avais résolu de ne rentrer qu'après sa mort.

Pourquoi ce retour précipité? Pourquoi?... Pouvais-je ne pas entendre les échos réitérés du bruit public? C'est, à la Cour, Mlle de Montpensier, qui, pour faire oublier sans doute son Lauzun, fait des gorges chaudes sur ma femme et rend un Bourbon ridicule. Puis, on se passe de main en main une de ces lettres incomparables où la spirituelle Sévigné égratigne jusqu'au sang ceux qu'elle caresse de sa fine main de marquise. Bref, me voilà devenu la fable de Versailles et de Paris; en me voyant, les uns sourient, les autres me plaignent, ce qui est encore plus injurieux pour moi. Ainsi, plus de doute, la femme du grand Condé s'est compromise, et d'une façon d'autant plus déplorable que rien, dans sa conduite antérieure, ne faisait prévoir un pareil oubli, d'autant plus impardonnable, qu'elle n'est plus à l'âge où le cœur ou l'isolement explique et excuse certaines faiblesses.

Mais j'y pense... Quel intérêt avait-elle donc à intervenir dans ce duel? A quelle singularité la querelle a-t-elle dû de se vider ici même?... Et puis, — quelle honte! — les deux héros de la scène sont un valet débauché et un page presque imberbe, deux hommes de ma domesticité. Quoi! serait-il vrai que la nièce du cardinal de Richelieu soit tombée si bas? A-t-elle oublié ce qu'elle doit à son mari, à son fils, au sang des Bourbons? Quel mystère! quel sujet de doute et de tristesse!... Est-elle coupable? est-elle victime?... Qui le saura jamais?... Mais, quoi qu'il en soit, je n'ai qu'un parti à prendre, celui que commandent sans plus tarder l'honneur du mari et l'intérêt de ma maison : un divorce. Oui! Il est trop tard, sans doute, pour que je songe à de nouveaux liens; depuis trente ans, mon cœur s'est refroidi; entre ma première et seule passion, Mlle du Vigean et moi, il y a les barreaux d'un cloître... Mais, du moins, que je cesse d'être lié à cette femme qui m'a été imposée, qui n'a cessé de m'être insupportable... Pourquoi hésiter plus longtemps? Profitons de l'occasion que m'offre le ciel de recouvrer ma liberté. N'est-ce pas elle-même qui s'est condamnée ? qui vient de courir à sa perte. Qui pourra désormais s'en prendre à moi ?...

Mais, comment arriver à mon but ? Ce n'est pas facile : il faut forcer la main au roi. Or, Sa Majesté, peu scrupuleuse pour elle, devient de plus en plus rigide pour autrui : c'est une voie commode pour faire son salut... Je crois voir un moyen de sortir d'affaire, et je n'aperçois que lui. Rabutin est introuvable. Quant à Duval, on l'a arrêté ; il va comparaître devant le Parlement pour s'être battu en duel, quoique roturier, et avoir porté une main insolente sur sa maîtresse. Le drôle m'a écrit que c'était pour défendre mon honneur outragé par ce Rabutin. Il en est qui prétendent que, lui aussi, avait des droits antérieurs, et que c'est la jalousie qui l'a poussé à cet éclat. Oh ! pour cela, non ! ce serait, en vérité, par trop ignoble... Et d'ailleurs, il convient que la femme de César ne soit pas même soupçonnée. En attendant, il va se défendre ; son témoignage, à tort ou à raison, sera cru : le public accepte avec joie tout ce qui prête au scandale ou le favorise. Couvrir un Condé de boue est une aubaine rare pour les courtisans, toujours heureux de flétrir ceux qui sont au-dessus d'eux : c'est le dédommagement de leurs bassesses.

La princesse sera nécessairement appelée en tétémoignage. Il faut qu'elle comparaisse ; elle sera confrontée avec Duval. Comme il la chargera pour s'excuser, il est difficile quelle sorte du tribunal sans quelque accroc pour sa réputation, même si elle est innocente. Que sera-ce, si elle est réellement coucoupable, s'il y a des preuves matérielles comme l'inculpé a l'air de le faire entendre. La conclusion est claire et inévitable ; c'est une séparation définitive, Clémence de Maillé-Brézé sera enfermée pour la vie et moi je vivrai libre et vengé. L'honneur domestique, la gloire des armes me consoleront de n'avoir trouvé ni l'amour ni le bonheur chez moi. Avant tout, il me faut une entrevue avec la princesse ; j'ai besoin de l'avertir de ce qui va se passer ; je lui demanderai de reconnaître sa faute ; si elle refuse je saurai bien l'y contraindre. Ce n'est pas cette pauvre créature qui fera reculer le vainqueur de Senef !

SCÈNE II

LE PRINCE, MATHURIN

Le Prince sonne, Mathurin se présente.

Allez prévenir votre maîtresse que le prince, son mari, arrivé ce matin même à Paris, a besoin de l'entretenir de suite, et que, comme il ne lui convient pas de se présenter chez elle pour un motif qu'elle comprendra, il la prie de vouloir bien se déranger un instant pour lui. Allez. (Il relit la lettre de Duval) C'est bien cela ! Il n'y a plus le moindre doute, c'est textuel : « Il y allait, dit-il, de l'honneur de mon maître. Je me suis sacrifié ; je ne prétends pas être innocent, mais je ne suis pas le seul coupable ». Voilà qui est net et précis : ainsi le coquin se prétend honoré de faveurs qu'il n'aurait pu consentir à partager. Quelle scélératesse ! Quelle insolence ! Et c'est pour cela qu'on paye de telles gens....

SCÈNE III

LE PRINCE ET LA PRINCESSE

LA PRINCESSE DE CONDÉ

La Princesse entre, appuyée sur le bras de Mme de La Mothe. Celle-ci salue et se retire.

Qui me vaut, Monsieur, l'honneur de votre visite !

J'avais lieu, après un si long temps d'absence et de silence, de me croire oubliée de vous. Seriez-vous encore capable d'un bon sentiment à mon égard? Auriez-vous enfin pitié de celle qui est votre femme?

LE PRINCE

Vous devez supposer, Madame, que si je remets les pieds dans cet hôtel, dont je vous ai laissé la jouissance exclusive, ce n'est pas sans un très-grave motif. J'ai appris trop tard, hélas! l'accident qui vous est arrivé. Je vous plains sincèrement de la part qui vous est échue dans ce duel malheureux. J'admirerais avec quel courage vous vous êtes élancée pour séparer les combattants, si je ne savais depuis longtemps que, en fait de courage, vous êtes à la hauteur de votre époux. Il serait seulement à désirer que vous en eussiez réservé la preuve pour une meilleure occasion. Je commence donc par vous faire mes condoléances et mes félicitations. Mais, au vrai, ma démarche a encore un autre but : Vous n'ignorez pas que notre intendant Duval est arrêté : il vous accuse très-formellement d'avoir manqué à vos devoirs d'épouse et de mère.

LA PRINCESSE

Il m'accuse, lui, cet homme, d'avoir!... Oh! quelle infamie!

LE PRINCE

Pardon de ce langage, mais ce sont les termes mêmes de sa lettre. Que voulez-vous, ces valets peuvent être parfois trop aimables, mais ils se sentent toujours du fumier d'où on les a tirés. Que j'en croie quelque chose ou non, cela me regarde! Pour vous, j'ai à vous dire que vous êtes citée devant la justice pour témoigner dans cette affaire.

Vous aurez à vous disculper; car, au fond, ne

vous y trompez pas, c'est vous qui allez être sur la sellette où l'on va voir Duval.

Vous devez penser que l'accusé sera d'autant plus impitoyable que son salut dépend de votre culpabilité. Ne croyez pas que je vous voie affronter de gaîté de cœur la publicité d'un tribunal, face à face avec un pareil misérable ; aussi je vous propose un moyen de sortir d'affaire. Vous voudrez bien signer ce billet, par lequel vous reconnaissez que vous m'avez manqué, ce sera assez pour que nous soyons déliés à tout jamais. Cela dit, je m'engage à faire arrêter le procès : le roi seul et moi connaîtrons votre aveu, et je vous jure qu'une fois indifférents l'un à l'autre, il ne sera jamais plus question de rien entre vous et moi. Parlez, le marché vous convient-il ?

LA PRINCESSE

Ma réponse, Monsieur, sera brève et en même temps très-nette. Je refuse ce que vous-même appelez un marché. Je ne me présenterai au Parlement que par la force, et je ne dirai pas un mot à la charge de Duval. Comme je souffre encore de ma blessure, je ne pense pas qu'il y ait un homme au monde, même vous, qui ose forcer une femme, dans cet état, à sortir de chez elle. J'ai dit.

LE PRINCE

Pourrai-je savoir, Madame, quel motif vous empêche d'obéir à la loi ? Si vous croyez que votre dignité, votre rang, vous mette au-dessus de la justice, vous vous trompez. Les pairs de France, les princes du sang eux-mêmes, qui siégent au Parlement, en sont justiciables comme le reste des citoyens. C'est surtout quand il s'agit d'un crime, qu'ils doivent éviter tout ce qui peut faire douter de leur innocence. Il ne dépendra pas de moi que vous soyez la première, par une conduite aussi insensée, à confirmer les soupçons qui vous atteignent, et qui nous déshonorent tous les deux.

LA PRINCESSE

Vous tenez un langage conforme à votre position et à vos intérêts. Mais si vous m'accordez quelque courage, il y a une chose que vous m'avez toujours refusée, laissez-moi vous le dire, très-injustement : c'est un peu d'intelligence, assez du moins pour savoir ce que vous voulez et ce que j'ai à faire en conséquence.

LE PRINCE

Ce que je veux : je veux votre bonheur, voilà tout.

LA PRINCESSE

Ce que vous voulez, c'est un scandale public, une flétrissure légale pour votre femme, au risque, dans votre aveuglement, d'être éclaboussé de la boue dont vous essayez de la salir. Vous ignorez, dites-vous, si je suis réellement coupable. Non ! vous ne croyez pas à tant de bassesse, à une si sotte faiblesse de ma part. J'ai été trop bonne pour vous, et c'est ce qui vous a encouragé à me faire du mal ; mais il y a des limites à tout, même à l'amour le plus constant, le plus profond. Vous m'avez rendue très-malheureuse ; vous pouvez me laisser dans mon isolement ; vous pouvez me chasser de votre maison, mais ce que vous n'obtiendrez pas, c'est que je favorise vos vues intéressées et votre coupable dessein, c'est que je me déshonore pour vous être agréable. Apprenez que mon honneur m'est aussi cher que le vôtre ; il m'a été transmis par mes aïeux, il appartient à mon fils ; je le garderai tout entier pour eux et pour moi.

LE PRINCE

Vous êtes bien cruelle, madame, et vous poussez

l'injustice jusqu'à calomnier votre époux. Je le répète, ce que je vous ai demandé, c'est uniquement pour obéir à la loi et aux ordres de Sa Majesté. C'est aussi parce que j'espère que votre réputation, attaquée par la médisance, noircie par l'envie, sortira de cette épreuve plus solide et plus pure que jamais. Comment, une femme qui se pique justement d'esprit, comme vous, peut-elle croire un mari capable de vouloir s'avilir en avilissant celle qui porte son nom. Croyez que je vous estime, madame. Je vous ai aimée...

LA PRINCESSE

Arrêtez !... Que vous m'estimiez, c'est possible, et votre mérite en cela n'est pas grand ; mais ne profanez pas ce mot sacré d'amour. Non ! monsieur, vous ne m'avez jamais aimée, pas même au moment où vous m'avez prise pour votre femme ; vous avez alors prononcé ce mot si doux, mais c'était un mensonge, pire encore : un abus de confiance !

LE PRINCE

Pourquoi donc vous aurais-je épousée ? qui donc aurait pu m'y contraindre ?

LA PRINCESSE

En vérité, votre mémoire est bien courte, ou vous comptez trop sur ma naïveté d'autrefois. Je vais vous le dire, pourquoi vous m'avez épousée. J'étais la nièce d'un cardinal, et ce cardinal était premier ministre ; il était plus puissant que le roi ; tout, les grâces, les honneurs, les grades, les pensions dépendaient de lui ; ma dot était de 100,000 écus, sans compter quatre ou cinq terres immenses : voilà tout le secret de notre mariage. Votre père, aussi cupide et avare que plat courtisan, a demandé à mon oncle la main de sa nièce pour son fils unique. C'est en vain, il est vrai, que votre mère, l'orgueilleuse

Charlotte de Montmorency, s'opposa à cette alliance, comme si les Maillé et les Brézé, mes aïeux, étaient de moins bonne lignée que les premiers barons chrétiens... Faut-il vous rappeler que votre père voulait plus encore? Il offrait de donner votre sœur, devenue plus tard Mme la duchesse de Longueville, à mon frère aîné; c'est mon oncle qui a refusé cet honneur, en répondant qu' « il pouvait bien élever la fille d'un gentilhomme jusqu'à un prince, mais non abaisser une princesse jusqu'au gentilhomme ». Je n'avais que treize ans alors, et j'ignorais ce que je faisais. D'ailleurs, a-t-on coutume de nous consulter, nous, pauvres femmes, quand la politique a parlé?... Nous sommes les premières victimes sacrifiées à ces intérêts égoïstes que vous appelez pompeusement le salut de l'Etat. Si donc quelqu'un a péché de mon côté, c'est le cardinal; encore a-t-il cru, en donnant son consentement, remettre sa nièce en des mains honorables. Loin de contraindre personne, il vous a accordé ce que vous demandiez comme une faveur. Vous, monsieur, vous étiez, il est vrai, un jeune homme, mais du moins saviez-vous ce que vous faisiez; or, vous m'avez agréée pour femme devant Dieu et devant les hommes. Tout cela est-il vrai? Qu'avez-vous à répondre?

LE PRINCE

Vous m'obligez, Madame, à vous faire un aveu que j'aurais préféré vous cacher à jamais. Il est vrai que j'ai prononcé ce oui fatal, mais je l'ai fait, à mon corps défendant. C'était par déférence pour mon honoré père et par crainte du redoutable ministre; vous savez que le cardinal de Richelieu ne plaisantait pas, avec mes pareils. Mais j'avais eu le soin de signer avant la cérémonie, une protestation en bonne et dûe forme.

LA PRINCESSE

Ah ! vous protestiez ! C'est bien. Ce qui est mieux encore c'est que vous avez protesté en cachette, c'est-à-dire que vous avez renié honteusement ce que vous aviez fait en public ; que vous vous engagiez pour toujours, par un serment que vous aviez l'intention de violer de suite, aussitôt du moins que vous le pourriez sans danger. Noble et courageux procédé ! Franchise digne d'un gentilhomme et d'un prince du sang ! Et toujours en gardant la dot, bien entendu. Vous trompiez une jeune fille confiante et naïve ; vous ne me preniez pour femme que sous bénéfice d'inventaire. Savez-vous que pour un homme de vingt ans, l'âge du cœur, dit-on, c'était agir avec une prudence bien machiavélique. Cela promettait pour l'avenir ! Vous alléguez la crainte de mon oncle. A qui persuaderez-vous qu'il vous eût fait décapiter comme Cinq-Mars ou Montmorency, mis même à la Bastille, comme Bassompierre et Châteauneuf, pour vous obliger d'accepter la main de sa nièce ? Ce grand ministre s'est montré sévère, sanguinaire même, parfois, mais seulement pour défendre l'Etat ou venger la royauté. Quant à votre père qui tremblait toujours, et à vous qui faisiez vos premières armes, vous n'étiez pas dignes d'attirer ses foudres ! La vérité c'est que votre père voulait de l'argent, dont il a été toujours insatiable.

LE PRINCE

Laissons mon père : le respect qui est dû aux morts....

LA PRINCESSE

La pitié ! soit ; mais vous, vous vouliez un commandement, une armée qui vous ouvrît le chemin de la gloire. Noble but, sans doute, que vous avez atteint du premier coup, mais que vous eu le tort de chercher par des moyens honteux, aux dépens du bonheur d'autrui. Qu'est-ce que l'honneur sans la conscience? Que vaut une renommée achetée au prix du devoir?

LE PRINCE

Assez, Madame, de grâce n'attaquez pas mon honneur, du moins!

LA PRINCESSE

Votre honneur! Quelle dérision! Mais ce n'est pas tout : non-seulement vous ne m'aimiez pas, mais vous en aimiez une autre. Je ne dirai pas de mal de Mlle du Vigean, quoiqu'elle ait été la rivale de l'épouse légitime, quoiqu'elle m'ait enlevé le cœur qui m'appartenait tout entier. Elle avait la beauté, don fatal, qui devait faire son malheur et le mien. Mais c'était aussi une honnête femme! Elle a payé trop cher la passion qu'elle vous avait inspirée pour que j'aie le courage de la lui reprocher. Paix à celle qui a fui les orages de ce triste monde, qui s'est cachée au fond du cloître, où une autre victime, celle de la passion et de l'ingratitude d'un roi, devait la rejoindre plus tard. Si vous l'aimiez avant notre mariage pourquoi m'avez-vous épousée? Et puisque vous m'avez épousée, pourquoi avez-vous continué à l'aimer? Non content de faire une malheureuse, pourquoi vous être plu à en faire deux? Ah! vous autres, héros! vous, idoles du monde! vous ne rougissez pas de briser ces faibles cœurs; vous vous faites un jeu des liens les plus sacrés. Comme si, pour être au-dessus de l'humanité, il fallait fouler aux pieds les lois sacrées de la Religion et de la Morale. On se pique d'être un homme d'honneur; on a des scrupules chevaleresques, et on viole impudemment les devoirs les plus vulgaires; on commet des infamies dans le secret de son intérieur; l'homme public est couvert de louanges, d'applaudissements et le père de famille est le tyran et l'horreur des siens! Ah! si les yeux du monde pouvaient pénétrer dans la conscience ou la demeure de ceux auxquels il accorde si facilement son estime et prodigue si généreusement son admiration! Voyez-vous, l'opinion n'est qu'une prostituée et l'histoire qu'une entremetteuse!

LE PRINCE

Tout cela est fort beau, madame, c'est peut-être même éloquent; mais permettez-moi de vous dire que vous vous êtes laissée emporter un peu loin par vos ressentiments. Je ne puis nier qu'il y ait quelques vérités dans ces souvenirs déjà éloignés; mais la jeunesse, l'expérience, voilà des excuses suffisantes; une juste ambition doit me servir, même à vos yeux, de circonstances atténuantes.

LA PRINCESSE

Oui! sans doute, j'aurais pu pardonner, mais, depuis, votre conduite a toujours été à mon égard aussi perverse, aussi inique, aussi cruelle. Votre amour pour Mlle du Vigean est éteint, peut-être; mais votre haine pour moi dure encore. Que dis-je, elle s'est accrue, sans cesse ravivée par la conscience de vos fautes. Moi, j'avais oublié, du moins; mais vous, qu'avez-vous fait? Si vous m'avez traitée comme votre femme, ç'a été uniquement pour obéir à votre père et par crainte du cardinal.

Je vous donnai un fils, mais ce gage de tendresse n'a pu fléchir votre brutale indifférence. Vous voliez de victoire en victoire: Rocroy, Fribourg, Nordlingen, noms à jamais illustres, ombrageaient votre jeune front de lauriers éternels, et moi, cependant, j'étais reléguée seule, loin de vous, n'apprenant que par les autres les succès de mon époux. La France toute entière était associée à la joie, à l'orgueil de vos triomphes, excepté celle qui aurait dû en avoir la première part.

Vint la Fronde : vous étiez prisonnier, fugitif, vaincu, proscrit ; votre tête même était mise à prix. Quel a été mon rôle, alors ? Faut-il vous rappeler que, dans cette malheureuse époque de troubles, de lâchetés, de trahisons, je n'ai pas dévié un jour du droit chemin, ni oublié une minute les devoirs de l'épouse et de la mère ? J'ai tout affronté, la faim, la soif, les veilles, les dangers de toutes sortes, pour enlever notre fils à vos ennemis, qui voulaient en faire un otage... A Bordeaux, j'ai soulevé par ma seule parole, que l'amour rendait toute-puissante, le Parlement, la cité, la province tout entière à votre cause. Plus tard, j'ai obtenu, en me jetant aux pieds de la reine-mère, sans rien sacrifier de ma dignité, votre vie et votre liberté. Lorsque, condamné, vous vous êtes réfugié en Espagne, je vous ai suivi volontairement, sachant que c'est surtout quand l'homme est malheureux que la femme doit lui rester fidèle... Maintenant, monsieur, dites, ai-je manqué, en quoi que ce soit, à ce que je vous devais ? Est-il une créature qui ait plus fait pour vous que cette compagne que vous avez délaissée, que vous méprisez, que vous abhorrez ?...

LE PRINCE

Non, madame ; j'ai toujours rendu justice à votre dévouement et à vos mérites. Votre affection vous a même fait surpasser les forces de la nature ; aussi, n'ai-je point été si ingrat que vous le prétendez. Je me suis plu à reconnaître en vous la femme supérieure à son sexe ; j'ai proclamé bien haut vos vertus et, en même temps, ma gratitude pour vos services ; j'ajoute ma vénération pour vos vertus.

LA PRINCESSE

En effet, tant que vous avez eu besoin de moi...

mais combien cela a-t-il duré? Quelle preuve m'avez-vous donnée du moindre changement à mon égard? Vous n'avez jamais eu pour moi ces soins, ces attentions, cette politesse dont on est prodigue en France, même envers une étrangère. Voilà dix ans que vous et moi nous sommes rentrés dans notre patrie, que le roi vous a rendu sa confiance, vous a comblé d'honneurs, et, depuis dix ans, il semble que vous ne me connaissez plus. Vous me laissez la jouissance de votre hôtel, mais votre cœur ne bat pas pour moi; vous passez vos jours à Versailles, à Chantilly, partout, excepté près de moi. Enfin, — comble de dureté! outrage suprême! — vous m'avez enlevé la société de mon fils... peut-être même sa tendresse... comme si vous vouliez que personne n'aime celle que vous n'aimez pas!... comme si vous supposiez une mère capable d'inspirer à son enfant la haine de son père!... comme si vous aviez entrepris de vous débarrasser de moi à force de dédain, de mépris, de tortures morales, n'osant me tuer d'une autre façon!... Mon Dieu! qu'ai-je donc fait? où est mon crime?... J'ai parlé trop longuement, sans doute; mais mon cœur débordait... et, puisque vous avez mis vingt ans à combler la mesure de vos outrages, vous ne devez pas trouver mauvais que j'aie pris quelques minutes pour vous en rafraîchir la mémoire. Vous voyez que je n'ai rien oublié, et vous pouvez ajouter au plaisir de m'avoir fait tout le mal possible celui d'apprendre que tous vos coups ont porté là.

LE PRINCE

Je me tais, madame. Le respect m'empêche de rien répliquer à vos reproches, à vos injures : vous souffrez, vous êtes irritée. J'ai dû écouter patiemment une femme faible et violente.

LA PRINCESSE

Ce que vous avez écouté, c'est la voix de votre

conscience et la justice de ma cause. Je suis émue, il est vrai, mais c'est que j'ai été poussée à bout ; je rends grâce à cette indignation, qui m'a donné la force de rompre enfin le silence, sans rien ôter, je le pense, de vérité à mon langage.

LE PRINCE

Un dernier mot. Je regrette que ma démarche ait été si mal interprétée, et que vous vous trompiez autant sur mes intentions. Quoiqu'il en soit, veuillez réfléchir un instant et me faire connaître votre résolution, après quoi je pourvoierai, comme c'est mon droit. Vous devez être fatiguée. J'ai donné un rendez-vous pressé. S'il vous plaît de vous retirer, vous êtes libre. Adieu ! madame. (La princesse sort. Le prince sonne. Entre Mathurin.)

LE PRINCE

Veuillez dire à M. le duc d'Enghien, s'il est arrivé, que son père l'attend. Je crois entendre quelqu'un... je reconnais son pas.

SCÈNE IV

LE PRINCE DE CONDÉ, LE DUC D'ENGHIEN

LE PRINCE

Mon fils, je vous ai fait appeler pour une affaire de la dernière gravité. Vous avez appris le malheureux accident arrivé à votre mère. Elle se trouve déjà presque compromise par cet étrange duel, peut-être le sera-t-elle tout-à-fait par la déposition de Duval. Je n'ose, devant vous, répéter la faute déshonorante dont il la charge. L'opinion, acharnée contre les gens de notre rang, les propos de la Cour, où chacun n'est occupé qu'à vilipender autrui, ne vous en ont, sans doute, que trop appris. Il me faut prendre un parti, et je n'ai pas voulu le prendre sans vous consulter, car, après moi et autant que moi, vous êtes intéressé à ce que la chose tourne bien. Il vous faut trancher la difficulté de votre mieux. Pour moi, je l'avoue, j'aurais préféré une séparation absolue et définitive ; des obstacles que je prévois rendent ce parti irréalisable. Il en resterait un autre, mais cela dépend de votre bon vouloir.

LE DUC

Vos désirs, Monseigneur, sont des ordres pour votre fils, vous le savez.

LE PRINCE

Comme il s'agit de votre mère, je comprendrais que l'amour filial vous rendît cette mission pénible, sinon impossible.

LE DUC

On peut souvent concilier ses devoirs et ses affections. Je ne suis plus un enfant ; j'ai appris, par votre exemple, que l'on pouvait être honnête homme, tout en se dégageant des préjugés bourgeois sur les obligations de la famille. Mes premiers devoirs sont envers vous. J'en ai aussi vis-à-vis de ma jeune épouse, et les uns comme les autres priment ceux que j'ai envers ma mère. D'ailleurs, je vous dois obéissance, et comme je suis certain d'avance que ce que vous voulez ne peut-être qu'honorable pour elle et avantageux à notre famille, je vous promets, ssan hésiter, tout mon concours, dût mon cœur de fils saigner de votre résolution.

LE PRINCE

J'aime à vous voir, mon fils, dans ces sentiments,

et armé ainsi contre les faiblesses de la nature A cette ardeur virile, je reconnais mon sang! Chez les Condés, l'intérêt de la famille a toujours eu le pas sur celui des individus. C'est ainsi que l'on fond e la grandeur d'une maison, et que l'on maintient son rang et sa fortune dans le monde. Puisque je puis compter sur vous, voici simplement ce que vous aurez à faire : essayez de décider votre mère à quitter Paris, à se retirer dans une de ses terres, où elle vivra, d'ailleurs, en gardant toute la liberté compatible avec notre sûreté et les égards dus à son rang. On l'oubliera peu à peu, car en France tout ce qui n'est pas sur la scène, à la Cour ou à Paris retombe bien vite dans l'obscurité. Ainsi la tache qui menace de souiller la famille entière sera effacée par le sacrifice volontaire de celle qui, imprudence ou complicité, a été la cause de tous nos ennuis. Si vous obtenez son consentement, vous ferez deux bonnes actions. Vous m'éviterez d'abord de prendre des mesures de rigueur qui répugnent à ma générosité, et de plus, vous pourrez en retirer pour vous même un avantage considérable, autant qu'imprévu.

LE DUC

Je ne comprends pas ce que vous voulez me dire par ces derniers mots. Toutefois je ne suis point insensible, quel qu'il puisse être, à cet avantage, et s'il est vrai que notre illustre cousin Henri IV a dit que Paris valait bien une messe, et n'a pas eu tout à fait tort de se convertir pour un trône (en vrai gascon qu'il était), il peut être utile, nécessaire même, de sacrifier les liens du sang en vue de quelque intérêt important, par exemple, quand il y va de l'honneur, de la fortune.

LE PRINCE

Vous y êtes! Vous n'ignorez pas que la dot de votre mère s'élevait à 100,000 écus; or, une pareille aubaine ne serait pas à dédaigner pour vous qui, en qualité de nouveau marié, avez maintenant un train de maison, et devez dépenser beaucoup sans ressources suffisantes. Pour votre mère, avec la vie retirée qu'elle mène, tant d'argent est un fardeau inutile et même onéreux. Elle emploie ses revenus, comme vous voyez, bien sottement, puisque c'est à donner des pensions et à faire des cadeaux qui la compromettent (plaise à Dieu que ce ne soit pas pour payer des services d'un autre genre !). Il est urgent de lui ôter les moyens de se perdre elle-même ; vous avez donc au moins autant d'intérêt que moi à atteindre le but commun. Je laisse à votre prudence le choix des moyens, c'est-à-dire le choix des arguments propres à influer sur une mère. Il vous est facile de toucher les cordes sensibles de la persuasion ; l'essentiel est que vous en finissiez vite, et, puisque vous êtes ici, voyez de suite la princesse. Commencez par le cœur, ce côté éternellement faible des femmes ; si vous ne réussissez pas par la douceur, ne craignez pas de frapper fort ; employez la terreur, les menaces mêmes, au besoin. Sur ce, je vais avertir votre mère de votre présence ; dès qu'elle vous saura en ces lieux, elle accourra de suite, car elle a besoin des conseils d'un fils et de ses consolations. — (A part.) C'est l'oiseau lui-même qui va venir se prendre au piége. — (Haut.) A bientôt !

(Il sort.)

SCÈNE V

LE DUC, seul

Il faut avouer que mon honoré père me fait faire là un joli métier... Il ne me livre pas son jeu tout entier ; ce que je vois, c'est qu'il cherche, assez peu charitablement, l'occasion de se débarrasser de ma mère. Mais, que m'importe?... chacun pour soi, et j'ai aussi mon profit à gagner le procès. Il est dur, sans doute, de sacrifier une pauvre femme à une question d'argent; mais, si on écoutait son cœur, on n'avancerait en rien. Nous autres, princes, ne faisons rien sans intérêt, comme l'a dit l'un des nôtres, et nous ne sommes pas tenus de nous soumettre aux préjugés du vulgaire. Mon père a pris une épouse par ambition : je puis bien, pour un motif aussi excusable, me débarrasser d'une mère. D'ailleurs, l'éloignement, un peu de prison même, ne font pas mourir. Cent mille écus! cela ne se trouve pas tous les jours, et, s'il me fallait attendre la mort d'une femme de quarante ans pour hériter, je ne jouirais jamais de ma fortune... Voici ma mère : tâchons de jouer convenablement notre rôle.

SCÈNE VI

LE DUC, LA PRINCESSE

LA PRINCESSE

Mon fils!... mon cher enfant!... (Ils s'embrassent.) Mon cœur me l'avait bien dit, que vous ne m'aviez pas oubliée, que je vous reverrais bientôt, que vous seriez là au jour du malheur... Vous, du moins, vous ne m'accusez pas... Vous me défendrez; vous sauverez contre tout le monde, contre votre père lui-même, une femme méprisée, calomniée, persécutée avec un acharnement sans exemple.

LE DUC

Vous ne vous trompez pas, ma mère; j'ai appris votre triste situation et j'accours, car ma place est près de vous dans ces pénibles circonstances. Puisque vous êtes malheureuse, c'est à moi à vous donner les conseils dont vous avez besoin. Je suis sûr que vous les suivrez, persuadée que je ne suis inspiré que par mon zèle et mon dévouement pour la plus tendre des mères, la plus digne de mon affection.

LA PRINCESSE

Ce n'est plus de conseils, mon fils, dont j'ai besoin. Il s'agit de défendre mon honneur outragé, de prendre parti pour une victime innocente; et, comme cette victime est votre mère, c'est votre devoir de ne rien ménager, de tout affronter, de lutter, au besoin, contre votre père, s'il persiste dans ses préventions et ses desseins, et ce devoir, vous le remplirez... jurez-le-moi!...

LE DUC

A quoi bon jurer? un serment est-il donc nécessaire? La voix d'un fils ne peut vous tromper... Je n'ai pas besoin, ma mère, de vous dire que, personnellement, je crois à votre innocence comme je vois la lumière du jour. Mais mon père doute de vous, et rien ne le fera revenir sur ses idées : votre refus de comparaître devant le Parlement, d'accepter une confrontation avec Duval, l'y a plutôt confirmé. Quant à la ville et à la Cour, vous les connaissez assez : le mal seul y a crédit; vous y comptez des ennemis et des jaloux; ma jeune femme elle-même. égarée par de fâcheuses insinuations, vous traite avec froideur et méfiance. Que faire seul contre tous? D'ailleurs, on n'en croira pas un fils luttant pour sa mère; on dira que, ce qu'il en fait, c'est par piété filiale; on louera son dévouement, son abnégation, mais on n'ajoutera pas foi à ses paroles. Ainsi, ce serait entreprendre l'impossible que d'essayer de vous justifier.

LA PRINCESSE

Mais alors, que faire? que devenir? quelle ressource me reste-t-il?

LE DUC

Une seule ma mère : c'est de céder à l'orage. Mon père a, je ne vous le dissimule pas, l'intention bien arrêtée de vous tenir renfermée dans un couvent ou une prison...

LA PRINCESSE

Une prison!... Quel mot horrible!... Que dites-vous, mon Dieu?...

LE DUC

Ce n'est que trop vrai; mais je puis intercéder pour qu'il se contente de vous reléguer dans un de vos châteaux, avec tous les honneurs dus à votre rang, et j'ajoute à vos vertus. Tout ce que je demanderai en ce sens, je me flatte de l'obtenir. Seulement, permettez que j'y mette une condition : avant votre départ, vous voudrez bien signer une renonciation à tous vos biens, meubles et immeubles. Je vous demande pardon de cette exigence, qui vous paraîtra singulière, excessive même, malgré votre désintéressement. Oh! ne croyez pas que j'aie en vue mon intérêt personnel; j'ai vécu et je vivrais encore avec ma légitime et la dot de ma femme, mais vous ne savez ni ne pouvez gérer vos affaires. C'est donc pour vous débarrasser des soucis, des tracas sans nombre qu'exige la gestion d'une fortune devenue inutile; du reste, ce n'est qu'un dépôt que j'accepte, tout ce que vous réclamerez pour vous, vos serviteurs, vos œuvres, vous l'aurez de suite, cela va sans dire!

LA PRINCESSE

Oui! une aumône à la nièce de Richelieu, et par

son fils. Je comprends maintenant ; vous faites semblant de prendre ma cause en main, mais c'est pour mieux me forcer à la perdre. Vous êtes d'accord avec votre père : il en veut à ma liberté, et vous, vous en voulez à ma fortune. En vérité, vous êtes digne de lui ! Votre égoïsme est aussi monstrueux, mais plus abject encore que le sien. Il ne me manquait plus qu'une souffrance, celle de voir mon fils s'unir à mes ennemis et battre monnaie avec mes malheurs. J'en appelle à Dieu, désormais, mon seul soutien. Je désire qu'il ne vous punisse pas tôt ou tard de tant d'ingratitudes, de dureté et de noirceur ; mais je crains bien que l'histoire ne dise un jour de vous, que vous avez été un monstre de perfidie, et, ce qui est pire, un fils dénaturé ; souffrez que je ne m'associe pas à un complot tramé contre moi. Je refuse de signer cette renonciation ; je préfère être emprisonnée. J'accepterai la mort, la honte même, plutôt que de signer ma condamnation de ma main, de reconnaître, en vous faisant cette concession, que j'ai eu peur de vos menées, que j'ai pactisé avec mes bourreaux, qu'une malheureuse a dû racheter son honneur de son argent. Vous pouvez faire connaître ma résolution à celui qui vous a envoyé ici. Adieu ! mon fils. Que Dieu vous pardonne ! (Elle lui montre la porte.)

LE DUC

J'obéis, Madame, avec respect, mais avec peine, car je crains bien que mon père, exaspéré par votre résistance, n'ait recours aux dernières extrémités dont il vous a menacée.

LA PRINCESSE

Il me reste, Monsieur, ma conscience, Dieu et le roi. Nous verrons ; peu m'importe le reste. A présent, puisque vous ne m'aimez plus, tout m'est égal sur la terre. Vous pouvez sortir.

SCÈNE VII

LA PRINCESSE, MATHURIN, Mme DE LA MOTHE

Mme DE LA MOTHE

Madame, je vous amène Mathurin. Il vient de m'apporter de bonnes nouvelles et tout à fait inespérées. J'ai tenu à ce que vous les apprissiez de sa propre bouche, pour que vous ne puissiez les mettre en doute.

LA PRINCESSE

Parle, mon bon Mathurin, que sais-tu ? Qu'as-tu à dire ?

MATHURIN

Votre révérence parler ; j'ai à dire que j'ai entendu dire qu'on a dit que c'est M. Duval, votre intendant, ce coquin, ce drôle, qui... que... enfin suffit. Je m'entends bien, et vous aussi, Mesdames, vous m'entendez, eh bien ! il s'est pendu. Oui ! pendu ! pendu ! pendu ! Oh ! si j'avais été là pour tirer la corde, et lui voir tirer la langue ! Enfin, que le diable ait sa vilaine âme, c'est ce que je lui souhaite pour le mal qu'il m'a fait, et qu'il a essayé de vous faire, car enfin...

LA PRINCESSE

Mais c'est peut-être un bruit comme il y en a tant qui courent dans Paris.

MATHURIN

Oh ! que nenni ! J'avais trop peur que ce ne soit pas vrai. J'ai été y voir et je l'ai vu, comme disent les recors , « en parlant à sa personne », à preuve qu'il se balançait encore en l'air, que j'ai aidé le geolier à le décrocher. Il était encore tout chaud. Mais, maintenant, il doit être raide ; grâce à Dieu, il n'en reviendra pas, je le jure.

Mme DE LA MOTHE

Il aura eu peur des remords, peut-être ; il n'aura pas voulu comparaître devant la justice. Toujours est-il qu'il ne pourra, du moins, vous calomnier publiquement, et voilà les espérances de vos ennemis anéanties.... Il ne nous manque que le pauvre Rabutin, dont on ingnore la destinée depuis le duel.

MATHURIN

Quant à ce digne jeune homme, Madame, je sais bien aussi ce qu'il est devenu, le pauvre garçon... Devinez où il s'était réfugié? Dans ma chambrette, et il a bien fait, car je me serais fait tuer plutôt que de le laisser prendre. Je l'ai déguisé en paysan berrichon, avec mes vieux habits, que j'ai apportés de Châteauroux. Je vais le conduire moi-même hors de Paris, jusqu'à la porte Saint-Denis, c'est la route d'Allemagne, à ce qu'il me disait. En voilà un qui a de la chance tout de même ! — (A part.) Si je pouvais en faire autant ! — (Il se cache le visage dans ses mains.)

LA PRINCESSE

Que dis-tu ? Parle sans crainte ! Tu as l'air tout chagrin.

MATHURIN

Je me disais comme ça que si je pouvais, moi aussi, m'en aller, quitter Paris ; mais c'est pour le bon motif. Oui, je voudrais m'en retourner chez nous, au pays.

LA PRINCESSE

Ne te trouves-tu donc pas bien avec nous? Es-tu mécontent de ton sort?

MATHURIN

Oh! que nenni. Au contraire! vous êtes la meilleure des maîtresses, et, dequis que Duval n'est plus là, nous sommes comme des coqs en pâte, à l'hôtel; mais, voyez-vous, c'est... (Il pleurniche.)

Mme DE LA MOTHE

Parle donc! tu sais que notre maîtresse est la bonté même.

MATHURIN

Puisqu'il faut tout vous dire, eh bien! voilà. J'aime Sylvine, une payse quoi, le plus beau brin de fille de Déols, sans la vanter, et je trouve le temps long loin d'elle; quoique ce soit à cause d'elle que je me trouve à Paris.

LA PRINCESSE

Comment! tu l'aimes et tu l'as quittée? On aime singulièrement chez vous.

MATHURIN

Hélas! il fallait bien se quitter. Elle sera riche, elle, et moi je n'ai rien. Son père m'a dit: Mathurin, ma fille ne sera ta femme qu'à une condition, c'est que tu ramasseras mille écus. Avant la noce, mille écus! bon Dieu, ça ne se trouve pas, sauf votre respect, à la queue d'un cheval, dans nos campagnes. Chez vous, j'ai un bon gage, et je puis faire des économies.

LA PRINCESSE

Combien gagnes-tu?

MATHURIN

Cent écus par an et des étrennes, seulement ce bon M. Duval m'en rognait une portion sous prétexte que je rentrais quelquefois un peu gris, tandis que c'était lui qui l'était toujours.

LA PRINCESSE

C'était pour payer ses dettes. Eh bien! je double tes gages à partir d'aujourd'hui, mais à une condition, c'est que tu resteras à mon service, tant que Sylvine y consentira. Combien de temps a-t-elle dit qu'elle attendrait?

MATHURIN

Oh! elle m'aime tant qu'elle m'assure qu'elle n'est pas pressée. Elle m'a accordé dix ans, moi j'ai plus hâte. Dix ans! ça passera tout de même. Et puis, il faut bien faire quelque chose pour les bonnes gens comme vous, surtout quand on a un mauvais mari. Moi je serai meilleur que ça. En attendant, comptez sur Mathurin, à Paris, partout.

LA PRINCESSE

Merci, mon brave serviteur, quoique ton bon cœur te fasse dire parfois des sottises.

Mme DE LA MOTHE

Tu feras bien d'aller de suite trouver un écrivain public, pour faire savoir à ta prétendue le cadeau que te fait la princesse, moyennant quoi tu pourras l'épouser bien plus tôt qu'elle et toi l'espériez. Dix ans, c'est trop long.

MATHURIN

Ça durera peut-être moins ; qui sait? Par le temps d'aujourd'hui ! les hasards sont si grands ! Si, faisons une supposition, Mme la Princesse venait à mourir avant! — (A part.) Bon, voilà encore une sottise, oh celle-là elle est grosse. — Pardonnez, Madame, je ne sais plus ce que je dis, tant je suis content.

LA PRINCESSE

A la bonne heure, voilà qui est parler franc. Tu dis plus vrai, sans doute, que tu ne le crois; j'aimerais encore mieux, pourtant, te mener à Châteauroux, quoique ce soit bien loin et que cela ne ressemble guère à Paris, si je m'en rapporte aux gens qui ont été dans ces parages, au bout du monde.

MATHURIN

Eh! Eh! Vous aussi vous pourriez bien dire vrai sans le vouloir. Mais il ne faut pas croire que Châteauroux soit un si vilain trou, comme le prétendent ces beaux Messieurs de Paris, qui n'ont jamais rien vu que les tours Notre-Dame et la plaine Saint-Denis; moi je trouve, au contraire, que le Berry est un vrai paradis, et que, comme le dit ma chanson « le bonheur n'est qu'à Châteauroux ».

LA PRINCESSE

Je serais curieuse de la connaître, ta chanson. Veux-tu nous la chanter?

MATHURIN

A Paris, on fait des vers meilleurs que ceux-là, et j'ai une voix de fausset quand je n'ai pas bu un petit coup. C'est égal, puisque vous le voulez, écoutez :

Mathurin se place entre les deux dames et chante :

Mon sort est vraiment bien à plaindre :
Je voudrais retourner chez nous,
Revoir les bords fleuris de l'Indre...
Le bonheur n'est qu'à Châteauroux. *(bis)*

Ne sachant ni mentir ni feindre,
Le Berrichon est bon et doux :
On s'aide, aux bords fleuris de l'Indre...
Le bonheur n'est qu'à Châteauroux. *(bis)*

Les filles sont belles à peindre,
Les amants ne sont point jaloux ;
On s'aime, aux bords fleuris de l'Indre...
Le bonheur n'est qu'à Châteauroux. *(bis)*

Quoi que le curé puisse geindre,
Le dimanche, comme des fous,
On danse aux bords fleuris de l'Indre...
Le bonheur n'est qu'à Châteauroux. *(bis)*

A Paris, il faut se restreindre,
Mais, là-bas, on boit à pleins coups ;
On trinque, aux bords fleuris de l'Indre...
Le bonheur n'est qu'à Châteauroux. *(bis)*

Ah ! oui, mon sort est bien à plaindre :
Je voudrais vivre, aimer chez nous,
Mourir aux bords fleuris de l'Indre...
Le bonheur n'est qu'à Châteauroux. *(bis)*

LA PRINCESSE

C'est très-bien, les sentiments surtout ! Cela donne envie d'aller voir Châteauroux. Peut-être un jour....

Mme DE LA MOTHE

Oui, nous irons, bien sûr, pour ta noce.

MATHURIN

Dieu vous entende et Saint-Greluchon aussi.... Si celui-ci remplit bien son office, Mme la Princesse n'attendra pas longtemps pour être la marraine de notre premier-né. Mais voudra-t-elle bien faire cet honneur à un pauvre berrichon comme moi? Cela dit, je suis pressé, je m'en vais à ma besogne.

LA PRINCESSE

C'est entendu. Au revoir, mon bon Mathurin (Il sort.) Quel cœur d'or! Quel brave homme! Ce peuple, qu'on méprise tant, il vaut mieux que ses maîtres. Les grands font le mal et s'en énorgueillissent, les petits font le bien et ils en demandent pardon !

SCÈNE VIII

LA PRINCESSE, Mme DE LA MOTHE

MADAME DE LA MOTHE

Ainsi donc, ce Duval, ne pourra plus vous calomnier publiquement, et voilà les espérances de vos adversaires détruites! Vous pourrez continuer à vivre ici avec vos serviteurs dévoués, il ne vous manquera que ce pauvre Rabutin.

LA PRINCESSE

Que Dieu protége sa fuite ; le voilà perdu pour nous à tout jamais! Il ne me reste plus que vous au monde. Si j'ai eu pour cet enfant une affection un peu trop vive, m'en voilà bien sévèrement punie. Elle n'aura servi qu'à augmenter mon chagrin. Quelle fatalité ! Je porte malheur à tout ce qui m'est cher, décidément.

Mme DE LA MOTHE

Le soleil brille plus pur après l'orage. Peut-être

le prince, votre mari, en vous voyant si malheureuse, si innocente, nous rendra-t-il son estime, sa sympathie. La pitié est parfois le meilleur chemin pour attendrir les cœurs les plus implacables ; vous êtes sûre, au moins, que votre fils reviendra à sa mère et regrettera d'avoir, par sa conduite, ajouté à l'amertume de vos douleurs.

LA PRINCESSE

Je voudrais voir vos vœux exaucés, mais je n'ai pas votre espoir. Vous ne connaissez pas assez la méchanceté humaine, l'égoïsme froid et perfide du grand monde. Savez-vous à quoi pensait mon mari, dans ces tristes circonstances ? A en profiter pour reprendre sa liberté, en me répudiant. Et mon fils, pourriez-vous jamais déterminer quel sentiment le tourmente ? Le désir de s'emparer de mon patrimoine. Les voilà déçus et dévoilés ; ils ne me pardonneront pas la chute de leurs espérances criminelles : ils se sont unis contre moi, et maintenant ils ne vont plus songer qu'à se venger pour me punir de les avoir devinés.

Mme DE LA MOTHE

Ils ne le pourront pas, madame ; il faudrait, pour cela, que le roi lui-même intervienne. Or, Sa Majesté ne le fera que pour vous faire rendre justice. Rappelez-vous qu'au début de votre mariage, il a forcé votre mari, qui voulait déjà tenter une séparation, à respecter ses engagements.

LA PRINCESSE

Encore une illusion ! La reine-mère, la bonne Anne d'Autriche vivait encore ; elle avait promis au cardinal de protéger sa nièce ; elle a tenu parole, mais le roi actuel ne me connaît pas, et il n'est entouré que de ceux qui sont intéressés à me perdre. Croyez-moi, il cèdera et je suis perdue ; je n'ai plus d'espoir que dans une vie meilleure, plus de consolation que dans votre amitié. Vous avez veillé sur mon berceau, je mourrai dans vos bras.

MADAME DE LA MOTHE

Vous ne pensez pas à une chose, c'est que j'ai vingt ans de plus que vous; que suis déjà sur le seuil de la vieillesse, quand vous atteignez à peine le milieu de la vie. Votre raison s'égare, l'excès de vos souffrances trouble votre imagination et assombrit trop l'avenir pour vous. Vos plus mauvais jours sont passés; chacun doit payer son tribut à l'humanité, mais vous avez trop payé largement le vôtre, pour que la Providence ne vous doive pas une compensation. Croyez-moi, elle vous réserve encore quelques beaux jours ; un rayon de bonheur, peut-être!

LA PRINCESSE

Ne prononcez pas ce mot, il ne doit plus retentir à mes oreilles ; vous me mettrez en terre, et vous n'attendrez pas longtemps. De pareilles tortures vieillissent vite, et Dieu me doit au moins d'abréger mes épreuves ; il exaucera le seule prière que je lui adresse maintenant : celle de mourir.

SCÈNE IX

LES MÊMES, LE PRINCE, LE DUC

LE PRINCE

Nous venons une dernière fois, Madame, vous demander de nous faire connaître la résolution que je vous ai priée de prendre. Le moment est venu de vous prononcer : ou vous obéirez à votre mari, vous écouterez votre fils, ou nous serons forcés de faire exécuter certaines mesures qui vous touchent, qu'il a plu au Roi de prendre. Il vient de nous les faire connaître, il n'y a qu'un instant. C'est avec regret, croyez bien...

LA PRINCESSE

Je n'ai pas à changer un mot de ce que j'ai dit ou fait. Vous êtes les maîtres : la victime est entre vos mains. Tout est indifférent à qui est abandonné de tous. Vous n'aurez plus à entendre parler de moi et je serai délivrée de votre présence. Ne faites donc pas durer mon supplice inutilement.

LE PRINCE, lisant

« De par le Roi, ordre à très-haute et très-puissante dame Claire-Clémence de Maillé-Brézé, princesse de Condé, de se rendre de suite à sa terre de Châteauroux, d'y rester sous bonne garde jusqu'à ce qu'il nous plaise de lui faire connaître les nouveaux ordres que nous dictera notre haute bienveillance pour sa maison, et elle en particulier. »

Mme DE LA MOTHE

La bienveillance des rois !

LA PRINCESSE

J'entends ! cela veut dire la prison perpétuelle. Eh bien ! soit, je partirai demain. J'en appelle à Dieu, de la justice humaine ! Puisse votre conscience être aussi tranquille que la mienne, et plaise à Dieu que la faute du père et du fils ne retombe pas sur leur postérité !

(Le prince et le duc sortent. La princesse tombe dans les bras de Mme de la Mothe. On entend, au-dehors, une voix qui chante. Les deux femmes s'approchent de la fenêtre ; elles écoutent.)

Il était autrefois
Une noble princesse ;
Un page, au cœur courtois,
L'aimait avec tendresse.

D'un époux inhumain,
Hélas ! abandonnée,
Dans un pays lointain
Elle est emprisonnée.

(La voix s'affaiblit peu à peu.)

LA PRINCESSE, tombant à genoux

Ciel ! c'est la voix de Rabutin ! Il est avec Mathurin. Dieu soit béni ! Il fuit, il est sauvé.

Mme DE LA MOTHE

Pour vous sauver un jour, peut-être !

FIN DU DEUXIÈME ACTE

ACTE TROISIÈME

La scène se passe à l'intérieur du parc, devant le château

LE CHATEAU-RAOUL

SCÈNE PREMIÈRE

LA PRINCESSE, Mme DE LA MOTHE

LA PRINCESSE

Ainsi, je suis libre maintenant de sortir de ma prison, de me promener dans ce parc à mon gré. Pourquoi ce changement imprévu? Vous a-t-on dit qui l'a ordonné?

Mme DE LA MOTHE

Non! tout ce que je sais, c'est que l'ordre est venu de Paris. Mais à quoi bon chercher, quand il nous arrive un bien désiré, d'où et comment il nous arrive? Demande-t-on quand on sent le parfum d'une rose, d'où lui vient son parfum?

LA PRINCESSE

C'est vrai! Dieu! qu'il fait bon de jouir d'un peu de liberté, après une si longue séquestration! S'il était encore temps de goûter le bonheur qui ramène la santé, la vue des champs, le retour du printemps! Mais je souffre de plus en plus, ma chère amie, c'est en vain que les médecins me prodiguent leurs soins et leurs remèdes, je le sens, c'est le cœur qui est atteint. Quelle santé au surplus résisterait aux chagrins que j'ai eu à supporter! Cet exil, cei emprisonnement devaient m'achever. Combien de fois ai-je appelé la mort, pour échapper à ces tortures de l'âme qui vous tuent à petit feu! il me semble que, trop longtemps sourde à mes vœux, elle m'a enfin entendue et exaucée.. Croyez-moi, l'heure de la délivrance approche pour moi! Je bénis Dieu qui va enfin me joindre à ma mère, la seule créature qui, avec vous, m'ait aimée. Pauvre femme! elle n'a pas été plus heureuse que sa fille, mais du moins elle n'a pas payé les grandeurs de sa liberté. Savez-vous ce qui me désole, c'est de vous laisser vous, mon ange gardien, et ces fidèles serviteurs, loin des vôtres, dans ce pays qui vous est étranger. Puisque j'ai pu sauver ma fortune du naufrage, j'aurai la consolation de laisser à chacun de vous un souvenir, de quoi vivre honorablement, soit qu'il vous convienne de retourner dans vos foyers, soit que vous consentiez à prier auprès de mon tombeau. Dieu m'est témoin que je ne tiens aux biens fragiles de la fortune, que parce qu'ils m'ont permis de faire quelque bien, de récompenser vos services.

Mlle DE LA MOTHE

Vous aurez toujours le temps de songer à ces tristes choses. Pourquoi ces lugubres pensées? Vous vous faites mal à vous-même, en nourrissant ainsi votre douleur, car vous augmentez les amertumes du présent par les souvenirs d'un passé qui n'a été qu'un long Calvaire en calamités de toutes sortes.

Croyez en moi; il faut vivre, puisque vous êtes libre; vivre pour vous, qui êtes encore si loin du terme commun du monde, pour tous ces compagnons d'exil, qui ont droit à ce sacrifice, en échange de leur dévouement; vivre, enfin, pour votre fils, oui!

pour lui-même ; il a beau, en effet, avoir été dur, ingrat, même pour sa mère, moi aussi je suis mère, et je crois qu'un fils est toujours un fils. J'aime à croire que, s'il vous a fait tant de mal, c'est qu'il subissait l'influence paternelle. Un jour, livré à ses instincts naturels, il reconnaîtra son erreur, il reviendra à vous, il réparera ses torts. Comme un rayon tardif vient parfois colorer les feuilles que l'automne a pâlies, de même une heure de joie, d'illusion, adoucit les rigueurs dont le destin nous accable.

LA PRINCESSE

Ne me parlez pas de cet avenir ! Assez de mécomptes, assez de déceptions ! Il ne me reste plus pour éclairer mes pas dans ma carrière, que la lueur d'outre-tombe. La lampe de ma vie s'éteint, et bien sombre est la nuit de mes dernières années ; mais j'entrevois l'aube du sommeil éternel, cette divine clarté dissipe un peu les ténèbres présentes.

A quoi bon prolonger ce martyre, où l'ennui coule goutte à goutte, où les jours ne se ressemblent que par leur tristesse, où les saisons ne sont plus qu'un hiver sans chaleur et sans lumière.

Mme DE LA MOTHE

Pourquoi ces images de deuil, de désespoir sans fin ! La Providence, quelles que soient les épreuves qu'elle nous impose, vaut mieux que les hommes : elle ne nous abandonne pas entièrement, elle nous accorde des répits, des compensations. Voyez ! voici le printemps ; avril va bientôt finir ; avril, ce mois délicieux, puisqu'il est celui de l'espérance plus douce que la réalité, qu'un poète de mon enfance, le bon Berthaut, appelait si bien :

L'honneur et des bois
Et des mois !

Il ramène le soleil et l'azur au ciel, sur la terre la verdure et les fleurs, la vie, la joie partout! Tenez, jetez les yeux autour de nous! Dans ce parc, les lilas entr'ouvrent leurs grappes parfumées; la violette, la marguerite, le bouton-d'or tapissent ces vertes prairies; les pommiers, les pêchers étalent leur parure rose et blanche, dans les jardins de Saint-Christophe.

LA PRINCESSE

Il est vrai, et vos souvenirs de ce grâcieux évêque de Séez ont heureusement évoqué les miens. Oh oui! ce beau, ce doux avril :

C'est lui, courtois et gentil
Qui d'exil,
Retire ces passagères,
Les arondelles, qui vont
Et qui sont
Du printemps les messagères!

Quelle poésie délicieuse, dans sa fraîche naïveté! Ces hirondelles, nos seules visiteuses, je les voyais ce matin tournoyer en gazouillant, au-dessus de la vieille tour du parc; elles vont commencer à suspendre leurs nids aux menaux de ces fenêtres dentelées du château Raoul. Rien ne troublera leurs fidèles amours!... et les enfants grandis s'envoleront avec la mère. Oui! tout reverdit sur la terre, tout chante dans la campagne, mais je sens mon cœur plus triste, plus mort que jamais! Rien, hélas! ne ranimera la cendre refroidie de mes affections, pas même le souvenir du bonheur!

Et pourtant! je l'avoue, tant l'âme a soif de félicité, tant on se prend à espérer contre toute espoir; il est des jours, des heures où je souffre un peu moins, où à défaut de joie, je retrouve le calme, le repos. Oui! ce moment est vraiment bien doux, et ces lieux ignorés ont leurs charmes. La nature, meilleure que l'homme, ne nous mesure ses bienfaits que pour nous en faire apprécier le mérite, et nous les rendre plus agréables. Cette province du Berry, que ne lui dois-je pas? Ces plaines sont arides et monotones, avec leurs brandes et leurs marais ; cette cité aux maisons basses, aux rues étroites, ne prétend pas à la beauté, mais cet air tiède et transparent, l'aspect de ces collines mollement inclinées, cette rivière sinueuse, qui semble une glace immobile, tant son cours est lent et insensible, cet antique manoir des Chauvigny, où la masse imposante d'un donjon se dissimule sous les premiers fleurons de la renaissance, ce modeste oratoire que j'ai élevé, et où je vais m'agenouiller en priant pour mes persécuteurs ; ces merveilleux couchers du soleil derrière le clocher de Saint-Maur, qui empourprent toutes les prairies, et les tours élancées de Déols : tout, ce paysage simple mais riant, ces heures silencieuses du matin ravissent les yeux en même temps qu'ils apaisent le cœur ; il communiquent à l'âme quelque chose de leur sérénité : on dirait un sommeil où l'on rêve que l'on n'est plus en vie!

Mme DE LA MOTHE

Ajoutez de leur poésie, car ils me semble qu'ils vous inspirent un peu au-delà de leur mérite réel. Mais si le Berry et Châteauroux ont autant parlé, ceux qui les habitent ont dû être par quelque chose dans les impressions qui vous ont fait les lieux.

LA PRINCESSE

Prenez-vous mon silence à leur égard pour un oubli. Cette population vaut mieux encore que le pays. Peu riches des biens de la fortune, les Berrichons ont tous ceux du cœur. Quelle bonté d'âme, quelle rectitude d'esprit, quelles mœurs affables, quels sentiments honnêtes? Ils ont peut-être quelques petits défauts ; eux seuls en souffrent. Pour moi, proscrite, prisonnière, ils m'ont accueillie, non en coupable, mais comme leur suzeraine. Nobles, bourgeois, ils ont respecté mon malheur; les dames de la ville ont tout fait, par leurs prévenances, pour adoucir mes regrets. Quelle différence entre ces braves gens et le monde prétentieux de Paris ou ces vils courtisans de Versailles. Qui voudrait vivre à la Cour s'il connaissait les gens du peuple! dans cette capitale superbe, s'il avait éprouvé les charmes de cette humble cité. C'est qu'aussi, ses habitants ont reconnu en moi une des leurs. Mes aïeux, les Maillé, les Brézé, sortis de l'Anjou et de la Touraine, étaient leurs voisins: il y a donc une secrète sympathie entre nous. Et vous, ne croyez pas que je sois une ingrate; peut-être en ai-je trop dit pour me justifier près de vous.

Mlle DE LA MOTHE

Il faut l'avouer, j'admire ces sentiments, bien plus, je les partage. Mais vous vous laissez trop aller à la vivacité de vos émotions; cette première sortie a dû vous fatiguer. Voici un banc, vous plairait-il de vous reposer un moment? (elles s'approchent du banc).

LA PRINCESSE

Que vois-je? un nœud de ruban! qui a pu le laisser là? (elle le prend). Oh ciel! est-ce possible? quel hasard étrange. Comme il ressemble à celui que je portais au bras le jour de ce duel fatal à celui que le pauvre Rabutin avait désiré emporter comme souvenir. Mais plus de doute, voyez cette tache de sang! C'est mon bracelet! quelle étrange mystère! Comment se trouve-t-il ici? Qui a pu le déposer sur cette pierre? dans quel but? Avez-vous vu quelqu'un venir en cet endroit, avant notre promenade?

Mme DE LA MOTHE

Je n'ai aperçu personne. Un jardinier m'a dit avoir entrevu dans le parc, un homme couvert d'une robe de bure; il l'a pris pour un des capucins de Saint-André; il ne m'a pas dit s'il s'était approché du pied du château. Peut-être est-ce un simple oubli d'un visiteur, un signe de reconnaissance entre amoureux.

LA PRINCESSE

Non! vous dis-je! Serait-il ici! mais hélas! c'est impossible! Pourtant un pressentiment!....

Mme DE LA MOTHE

Les pressentiments naissent de nos désirs, et n'expriment que ce que nous leur faisons dire. D'ailleurs, bien des choses de ce genre se renouvellent; calmez-vous donc et méfiez-vous d'espérances qui ne servent qu'à vous donner de nouvelles déceptions.

SCÈNE II

LA PRINCESSE, Mme DE LA MOTHE, MATHURIN, NOCE, PAYSANS, PAYSANNES, UN ERMITE

On entend le son des violons, la noce arrive et se range en cercle.

LA PRINCESSE

Qu'est-ce que ceci? une noce? Sont-ils joyeux et gais, tous ces braves paysans. J'aperçois Mathurin en tête. Cette jolie brunette, serait-ce la mariée, cette Sylvine dont il raffolait et nous parlait si souvent à Paris? Il a bon goût, ma foi.

Mme DE LA MOTHE

C'est lui ! c'est elle-même ! leurs bans ont été publiés, en effet. C'est sans doute le jour du mariage ; ils viennent, comme de juste, saluer la dame de Châteauroux, et lui offrir, avec leurs vœux, le modeste présent d'usage : quelques fleurs.

LA PRINCESSE

Pardonnez-moi, mes bons amis, j'avais oublié cette fête. Je vous remercie de conserver cette vieille coutume qui, sans rien coûter aux vassaux, est si agréable au suzerain.

Pour les vœux que vous joignez à ce présent, j'y suis d'autant plus sensible qu'ils partent de cœurs sincères. S'il ne dépendait que de moi, tous vos tributs seraient comme celui-ci. Que Dieu, qui nous soumet à de si rudes épreuves, allége vos peines imméritées souvent, et récompense vos durs labeurs par des récoltes abondantes, belles moissons et bonnes vendanges.

Si vous avez des pauvres parmi vous, rappelez-vous que j'habite ici. Il m'est resté, du moins, la liberté de faire du bien ; j'en ferai jusqu'à la fin. Mon cher Mathurin, que fais-tu donc en si bonne compagnie ? (Mathurin et sa femme s'agenouillent devant la Princesse.)

MATHURIN

Je viens, Madame, vous présenter, ma chère Sylvine, ma femme et votre servante à tout jamais !

LA PRINCESSE

(Les embrassant.) Te voilà donc heureux, mon bon Mathurin. L'as-tu assez attendue, cette jolie Sylvine ! Tu vois qu'il y a un Dieu pour les amants fidèles comme toi. Mon exil t'a rendu ta patrie ; il aura du moins cela de bon de faire deux heureux.

Je suis trop faible pour vous suivre à l'église ; mais, puisque l'on aime tant à danser dans le Berry, et que les violons ne manquent pas, commencez, en attendant que la cloche de Saint-Martial vous appelle, par danser une bourrée. Que je prenne part à vos innocents plaisirs.

(Les couples se rangent. — Mathurin et Sylvine chantent en alternant. Le chœur reprend le refrain en dansant.)

Au pays
Du Berry,
Quand on danse
En cadence,
Au doux son
Du violon,
Ah ! qu'on rit ! } (bis)
Ah ! qu'on rit ! }

∴

Maint luron,
Brun ou blond,
Aux fillettes
Dit fleurettes,
Des beaux yeux
Amoureux.

∴

Celles-ci
Ont souri,
Palpitantes,
Rougissantes,
Au désir
Du plaisir.

∴

Sur son banc,
La maman
Dort un somme ;
Le bonhomme,
Dans un coin
Boit son vin.

∴

On se tient
Par la main ;
On se pousse,
Se trémousse,
En sabots,
A grands sauts.

Et l'on voit,
Oui, ma foi !
Plus d'un couple,
Fort peu souple,
S'étalant
Sur le flanc.

∴

Quand, le soir,
Il fait noir,
On s'embrasse,
On s'enlace,
Et, sans bruit,
On s'enfuit.

∴

Puis l'amour
A son tour ;
La mairie
Vous marie ;
Avec l'an
Naît l'enfant.

∴

Déjà mai
Reparaît :
Qu'on s'empresse !
La jeunesse,
Et le jeu
Durent peu.

∴

Au pays
Du Berry,
Quand on danse
En cadence,
Au doux son
Du violon,
Ah ! qu'on rit ! } (bis)
Ah ! qu'on rit ! }

(On entend les tintements d'une cloche : tous s'éloigent en courant, au cri de vive Madame la Princesse. — L'ermite reste seul au fond de la scène)

LA PRINCESSE

Un ermite ! C'est sans doute celui de tout à l'heure.

RABUTIN, chantant à voix couverte

« Il était autrefois, etc. »

Il ajoute cette strophe :

Des maux qu'elle a soufferts
Le page se rappelle,
Il vient briser ses fers,
Ou bien mourir pour elle.

LA PRINCESSE

Dieu !... plus de doute !... cette voix !... ces paroles !... Je les ai entendues; c'est bien cela !... la veille de mon départ de Paris... Oui, c'est lui ! c'est Rabutin ! Ah ! ce ruban ! je comprends tout maintenant !

RABUTIN jetant son froc et se précipitant aux pieds de la Princesse

C'est moi-même ! Ce ruban c'est le vôtre, celui que vous m'avez donné, qui a été rougi de votre sang, que j'ai gardé comme un trésor, qui m'a servi de talisman. Je l'avais déposé sur ce banc, en arrivant, dans l'espoir qu'il attirerait vos regards et que vous devineriez ma présence, s'il m'était impossible, comme on me l'avait dit, de parvenir jusqu'à vous. J'ai profité de l'entrée de cette noce, vous avez reconnu ma voix, et me voilà.

LA PRINCESSE

D'où venez vous? Comment êtes-vous arrivé? Qui vous amène ici?

RABUTIN

Vous avez sans doute su, Madame, que j'avais pu fuir, grâce à Mathurin, après le duel, pour éviter la prison et une condamnation, que la colère de M. le Prince eut encore rendue plus sévère. Je parvins à gagner la frontière du Rhin. Après des aventures qu'il est inutile de vous raconter, le hasard de la destinée m'avait amené à Vienne. C'est là que la Providence me ménageait la fin de mes épreuves, et le seul bonheur qui me restait à désirer, puisque ma patrie m'était fermée, et que j'étais séparé de vous pour jamais. Une grande dame, belle, riche, noble, de l'illustre famille princière de Holstein, a daigné jeter les yeux sur le gentilhomme bourguignon, quoique sans le sou, sur sa bonne mine, parce que je suis français, surtout parce que le bruit de mon tragique accident s'était répandu, et qu'un jeune cœur s'attendrit volontiers en faveur d'une victime innocente. Bref, je suis marié, et, par parenthèse, vous voyez que je vous dois tout, et que quand vous n'avez plus été là pour me protéger, votre nom l'a fait pour vous. Je vais être père, Madame, et mon ambition serait que vous me fassiez l'honneur de servir de marraine à mon premier-né, mais cela ne suffit pas. J'ai tout ce qu'il faut pour être heureux : l'amour, la fortune, l'espérance; pourtant, il me manque quelque chose; j'avais emporté ce ruban, il me rappelait le moment à jamais fatal où vous avez vu votre fidèle page à vos pieds pour la dernière fois, et où j'ai vu ma chère maîtresse tomber sous les coups d'un assassin, tout ce qui s'en est suivi, l'arrestation et le suicide de ce misérable Duval, votre propre emprisonnement dans cette ville lointaine. Il était évident pour moi qu'on vous croyait coupable, de quoi, mon Dieu! je l'ignore, car je ne puis m'imaginer qu'on ait été assez lâche, assez perfide, pour profiter de ce malheur. Je me suis dit... Elle souffre... C'est qu'on ignore la vérité. A moi, qui la sais innocente, de faire prévaloir la cause de la justice. J'ai juré de mourir pour elle, rien ne peut me dispenser de tenir ma parole. Si on doit la tenir vis-à-vis du premier venu, à plus forte raison vis-à-vis d'une femme opprimée. Je veux aller trouver le prince votre époux. Je lui dirai la vérité, dut-il refuser de me croire, me jeter dans les fers, faire tomber ma tête. J'irai, Madame, mais avant, j'ai voulu vous revoir, et, enfin vous délivrer, si vous y consentez. Voilà pourquoi j'ai pris ce déguisement; maintenant le temps presse, un dernier mot : Voulez-vous sortir de cette prison? Fuir ces tristes lieux? Tout est préparé : Des relais sont échelonnés jusqu'à la frontière de Belgique. Vous savez monter à cheval, au besoin vous pourrez disposer d'une litière ou d'un carrosse. Ce soir, pendant que ces braves gens se livreront à la danse, vous sortirez déguisée en paysanne de la noce. Mme de la Mothe pourra vous suivre ou rester à son gré, si vous croyez que sa présence peut retarder les poursuites, comme c'est ma pensée ; dans trois jours nous serons à Bruxelles, dans quinze chez moi, ma femme et moi mettons à votre disposition notre palais, notre fortune, tout enfin. Je serai assez récompensé si vous acceptez, si vous me permettez de courir ce faible danger pour votre salut, vous témoigner mon affection, mon dévouement, en vous servant jusqu'à la fin de vos jours. Est-ce dit, Madame? Quoi, vous ne répondez pas?

LA PRINCESSE

Que vous dire? Je suis troublée, accablée par votre apparition si imprévue et par une proposition si séduisante pour moi, mais si dangereuse pour vous, quoique vous en disiez pour me rassurer. Je m'attendais si peu à un tel changement de vie, que tout cela me paraît un songe. J'ai besoin de réfléchir, afin de voir la réalité telle qu'elle est. Pourtant, ce n'est pas un refus, cher Rabutin ; mais que d'obstacles, de regrets peut-être !... D'abord, il faut quitter la France pour toujours...

Mme DE LA MOTHE

Comment, vous hésitez, Madame ; que risquez-vous donc ? Ce n'est assurément ni le courage, ni la prudence qui manquent à votre sauveur ; vous retrouverez bien, pour une fois, cette ardeur qui vous fit franchir, en deux nuits, la distance de Chantilly à Saint-Amand, sans quitter la selle, votre fils dans vos bras.

Songez qu'il y va de votre liberté ; que vous retrouverez vos excellents amis ; que vous êtes pour jamais hors du pouvoir de vos persécuteurs ; qu'une fois à l'étranger, vous pourrez parler librement, dévoiler le complot dont vous êtes victime, émouvoir l'Europe en votre faveur. Il faudra bien que le Roi vous rappelle, sinon par justice, au moins par pudeur. Pour moi, je resterai ici pour dépister vos geoliers et je vous rejoindrai plus tard, à moins qu'on ne m'oblige à finir ici une existence désormais sans but. A mon âge, les jours sont comptés ; qu'ai-je à perdre ; que je vive ou meure n'importe où ? Vous êtes tout ce qui me reste au monde ; une fois que je vous saurai en sûreté, ma destinée est finie. Ainsi donc, suivez Rabutin, c'est Dieu qui vous envoie un sauveur !

LA PRINCESSE

Je ne m'attendais à rien moins qu'à ce conseil de votre part. Du moment que vous me le donnez, vous la sagesse même, c'est qu'il y a des chances de succès. Eh bien ! soit, nous partirons. Toutefois je demande à mon cher Rabutin un court délai. Revenez plus tard. D'ici là, j'aurai eu le temps de me remettre de tant d'agitation, de faire les préparatifs indispensables. A bientôt donc !

RABUTIN

A bientôt ! au revoir ! chère maîtresse.

(Rabutin se retire. A peine a-t-il disparu, que le duc d'Enghien entre par la grande allée.)

SCÈNE III

LA PRINCESSE, LE DUC D'ENGHIEN
en grand deuil

LA PRINCESSE

Quoi ! vous, mon fils ! vous en deuil, qu'est-il donc arrivé, que vous daigniez ainsi vous déranger pour votre mère. Il faut quelque chose de grave assurément. Votre père serait-il malade, mort peut-être.

LE DUC

Vous ne vous êtes pas trompée. Le prince de Condé, votre époux et mon père, vient d'expirer à Chantilly. J'ai attendu, pour vous prévenir de cette perte commune, que les funérailles aient été célébrées, jugeant dangereux pour vous, dans votre situation d'esprit et de corps, de vous faire annoncer cette nouvelle à l'improviste et par une autre bouche que la mienne. Mais ce à quoi j'ai pourvu sans retard, c'est d'adoucir votre traitement ; mon père avait cru devoir se montrer impitoyable pour sauver son honneur outragé, et vous protéger vous-même contre toute démarche imprudente, une folle tentative de fuite ou l'éclat d'une protestation inutile ; j'ai voulu tout d'abord que vous jouissiez de toute la liberté compatible avec la volonté du roi. Aussi, vous ne devez pas vous étonner, si, à partir d'aujourd'hui, vous pouvez vous promener dans ce parc et même recevoir quelques personnes honorables de la ville. J'accours, comme c'est mon devoir et le vœu de mon cœur, vous faire part à la fois de la mort du Prince et vous offrir mes condoléances filiales.

LA PRINCESSE

Et recevoir mes remerciements, n'est-ce pas? De tels sentiments vous honorent ; il eut été préférable de les professer du vivant de votre père : je n'aurais pas été privée du triste privilége de l'assister à ses derniers moments. Souffrez que je vous demande si le défunt, prêt à paraître devant Dieu, a eu une bonne pensée pour moi. Aurait-il manifesté quelque regret de sa conduite, m'a-t-il pardonné ?

LE DUC

J'aurais désiré vous épargner une nouvelle pénible ; vous l'exigez, soit! Oui! il a prononcé votre nom, mais c'était pour demander au roi, comme dernière faveur, comme une nécessité...

LA PRINCESSE

Quoi ? ma liberté ?

LE DUC

La continuation de votre captivité et...

LA PRINCESSE

Ne craignez pas d'achever : il y a longtemps que je n'ai plus rien à espérer ni même à redouter de mon mari. Le malheur constant, implacable, a cela de bon, qu'il nous apprend à souffrir ; le grand art de la vie, son meilleur effet, c'est la résignation. La seule chose qui étonne, quand on connaît les hommes, c'est, non pas qu'ils soient bons et humains, mais justes et équitables... Votre père était un héros, mais il vous ressemblait par le cœur.

LE DUC

Et il a fait jurer au roi de vous retenir ici tant que vous vivrez

LA PRINCESSE

Le roi l'a juré?... Quelle horreur! quel abus de la force odieux, abominable! quel raffinement de barbarie!... Garder contre une malheureuse, non-seulement du ressentiment jusqu'à la mort, mais vouloir que les effets de la vengeance ne finissent qu'avec la vie de la victime, cela dépasse tellement toute imagination, que je n'ai pas même le courage de protester. Mais quelqu'un l'aura fait, sans doute, il aura pris parti pour le faible, l'opprimé, et aura flétri ces excès de passion, ce crime intéressé!...
N'y a-t-il pas eu un prêtre?

LE DUC

Mgr l'évêque de Meaux, l'éloquent Bossuet, a prononcé l'oraison funèbre du prince, son ami, et jamais il n'a eu plus d'applaudissements mérités.

LA PRINCESSE

Qu'a-t-il dit à propos de la femme de son héros, car je tiens bien quelque place dans cette vie exemplaire?

LE DUC

Oh! mon Dieu, il n'en a pas dit un mot; pas plus que si vous n'aviez jamais existé.

LA PRINCESSE

C'est en effet le comble du talent. Ainsi un orateur chrétien, un vertueux prélat, pour mieux louer, se tait sur le mal. On vante les victoires du grand général. Du mauvais mari, de l'homme cruel, inique, pas un mot, pas l'ombre d'un reproche ; et cela s'appelle le langage de la vérité ! et voilà ce que la postérité connaîtra de ce temps ! Tout se réunit contre les faibles victimes ; leurs cris sont étouffés, et on fait de l'avenir, ce dernier refuge de justes persécutés, le complice du présent, à moins que quelque hasard ne découvre un mystère d'iniquité, que quelque obscur chercheur n'élève la voix pour réhabiliter leur mémoire. Monsieur, j'oubliais que vous êtes ici ; ce n'est pas pour rien que vous vous êtes dérangé ; que vous vous êtes même arraché, pour vingt-quatre heures, aux fêtes de Versailles, aux splendeurs de votre Chantilly.

LE DUC

En effet, en apprenant les dernières intentions de mon père, j'ai gémi de ce redoublement de sévérité ; j'ai été me jeter aux pieds du Roi, et ce prince magnanime, sensible à cet acte de piété filiale, m'a accordé, sans peine, à la vérité, votre élargissement, à la condition que vous resterez à Châteauroux, dont le climat tempéré doit convenir à votre santé et à votre âme, fatiguée du monde. Vous serez donc libre.

LA PRINCESSE

De quoi faire, alors ?

LE DUC

De sortir de votre appartement, de prendre l'air dans ce beau parc ; n'est-ce donc rien ?

LA PRINCESSE

J'apprécie cette grâce à sa valeur, et vous voudrez bien en remercier Sa Majesté. Maintenant, quelles sont vos conditions? C'est donnant, donnant, n'est-ce pas? Un homme d'une raison si précoce ne fait rien pour rien, même vis-à-vis de sa mère.

LE DUC

Sans doute, mais ce que je désire est si peu de chose. Vous vous rappelez peut-être que, quand vous fûtes emmenée ici, mon père et moi vous avons demandé de me faire une donation de votre fortune personnelle; ces biens vous devenaient inutiles et n'étaient plus qu'une charge sans compensation.

LA PRINCESSE

Oui... et je refusai alors pour ne pas donner satisfaction à une cupidité qui se révélait à moi d'une façon si infâme; je devinai que c'était l'appât que votre père avait fait briller à vos yeux pour obtenir votre concours dans son œuvre de ténèbres et de scélératesse. Vous aviez double bénéfice : j'étais exécutée et je payais les frais de mon exécution... Il m'a convenu de vous laisser tout l'odieux de ce plan infernal, et de vous en ôter provisoirement les honteux bénéfices; mais aujourd'hui, c'est différent. Je vous abandonne tout, absolument tout; je ne demande rien, je ne veux rien, entendez-vous, ni de vous ni des vôtres, rien pour ce dernier sacrifice, sinon de me délivrer de votre hideuse présence, de me laisser mourir en paix... mourir, entendez-vous? car ce dernier coup m'a frappé au cœur... Le père avait commencé : c'était au fils à finir l'immolation!

(Elle tombe snr le banc.)

LE DUC

Je pars, puisqu'il en est ainsi; tout est terminé

Je reprends le chemin de Paris, en vous souhaitant le rétablissement de votre santé ébranlée, et après avoir donné les ordres que commande la situation. Comptez toujours, malgré vos duretés, sur ma sollicitude filiale. Mon père mort, toutes ses obligations retombent sur moi; je ne l'oublierai pas, et je remplirai mes devoirs, sinon à votre pleine satisfaction, du moins selon ma conscience.

LA PRINCESSE

Vous en donnez la preuve en ce moment... Votre piété filiale n'aura pas, heureusement, longtemps à s'inquiéter... J'espère n'être pas une charge trop lourde pour vous.

LE DUC, à part

J'y compte bien... Elle n'en a pas pour longtemps!... (Il sort.)

SCÈNE IV

LA PRINCESSE, Mme DE LA MOTHE RABUTIN

RABUTIN (en bottes de voyage).

Madame, me voici de retour; tout va à souhait: je viens de m'assurer de la possibilité de sortir de la ville, sans éveiller le guet; les gardiens de la porte du Palan sont heureusement invités à la noce; ils sont depuis ce matin dans un état à ne pas vous reconnaître; nous traverserons le Pont-de-Bois; à la chapelle de Saint-Gildas, nous attend une charette de maraîcher, attelée d'un de ces petits ânons du pays, qui trottent d'autant plus qu'ils mangent moins; nous gagnerons Déols par un détour; sous les grands arbres de la place, nous attend une escouade d'hommes armés et dévoués. Partons. Ainsi toutes les précautions sont bien prises : il ne manque plus qu'une chose, c'est que vous disiez le dernier mot, et me donniez l'heure qui vous conviendra. Acceptez-vous ?

Mme DE LA MOTHE

Tout va bien, il n'y a aucun danger. Je dirai que vous êtes indisposée, et jusqu'à demain personne ne pourra deviner quoique ce soit de votre fuite. N'hésitez pas une minute de plus.

LA PRINCESSE

Je n'hésite plus, en effet, j'ai renoncé à ce départ.

Mme DE LA MOTHE

Comment ? quoi ! vous feriez une pareille folie ! qu'y a-t-il de nouveau ?

RABUTIN

Ce n'est pas possible, vous me désespérez. Parlez ! quel mystère ?

LA PRINCESSE

Je ne puis partir, j'ai vu mon fils.

Mme DE LA MOTHE

M. le Duc, à Châteauroux ?

LA PRINCESSE

Lui-même. Il est venu m'annoncer la mort de son père, c'est le secret de ce qui s'est passé ce matin : il m'a fait une grâce.

Mme DE LA MOTHE à Rabutin

Laquelle !

LA PRINCESSE

Je suis libre (Oh! calmez-vous!) de me promener dans cette enceinte à deux conditions : de faire l'abandon de tous mes biens, et de rester à Châteauroux jusqu'à ma mort.

SCÈNE V

LA PRINCESSE, Mme DE LA MOTHE, RABUTIN, MATHURIN

(La noce; les violons résonnent en sourdine. — L'ombre se fait sur la scène).

MATHURIN

Pour obéir aux désirs de Mme la Princesse, qui sont des ordres pour ses vassaux, nous revenons finir la noce dans le parc, danser à l'ombre des grands arbres, afin qu'elle assiste à nos joyeux ébats elle et son honorable société. Ah! j'y pense. Voilà Madame, une grande lettre que M. le Duc, en partant, m'a donnée, en me disant que je devais prendre connaissance de cela quand il m'écrirait de nouveau. Mais comme je ne sais pas lire et que j'ai hâte d'exécuter les ordres de mon maître, je préfère savoir tout de suite ce qu'il y a dedans. Madame la princesse, cela vous regarde, puisque c'est de votre fils. Voulez-vous me rendre ce petit service, si cela ne vous fatigue pas trop?

LA PRINCESSE

Donne, je vais essayer. (Elle lit.) « Comme la princesse, ma très-honorée mère, ne peut plus vivre longtemps (ce dont j'ai pu m'assurer de mes yeux), et qu'il est urgent de prendre à l'avance — puisque je ne serai pas alors à Châteauroux — les précautions d'usage pour ses funérailles, je charge Mathurin, le plus vieux de nos serviteurs et enfant du pays, de veiller à ce que l'enterrement se fasse conformément aux convenances, mais sans luxe et avec le moins de dépense possible ; toute dépense exagérée serait déplacée dans les circonstances où elle est morte... » Oh !... (Elle laisse tomber la lettre.) Le misérable n'attend même pas que j'aie expiré. Dans son impatience, il escompte déjà ma fin, il lésine sur les frais de mes funérailles : il hérite de tous mes biens, et j'aurai droit à l'enterrement des pauvres !... Oh ! oui, tout est bien fini... J'ai trop vécu, puisque je sais que mon fils n'est pas même un homme... (Elle s'évanouit.)

RABUTIN, lui serrant les mains

Madame de la Mothe !...

LA PRINCESSE, revenue à elle

Je me sens mourir... Ah ! mon Dieu, ayez pitié de moi !...

RABUTIN

Chère princesse, revenez à vous... je vous en conjure... il est temps encore... Par pitié !...

Mme DE LA MOTHE

Je crains de comprendre. M. votre fils aura la jouissance immédiate de votre fortune et le mérite de paraître vous faire une grâce. Bien joué ! Et vous accepteriez, — après avoir résisté avec tant de noblesse à cette exhortation une première fois, — au moment de reconquérir votre liberté complète, en sauvant en même temps l'intégralité de votre patrimoine. Non, mille fois non ! mieux vaut vous soustraire à ces chaînes dont on resserre les anneaux en les dorant. Ne serait-ce que pour protester contre les violences que vous subissez, il faut faire enfin connaître au monde la vérité, encourager l'Europe, la chrétienté, si Louis XIV continue à rester sourd à la voix de la justice et de la pitié, à arracher à ce fils indigne cette proie qu'il convoite, et lui laisser ainsi la honte de sa rapacité et de sa barbarie, sans qu'il puisse en tirer profit.

LA PRINCESSE

J'ai songé à tout cela. Je persiste néanmoins; du reste, le sacrifice n'est pas grand. Quand même je voudrais partir, je ne le pourrais plus. La commotion a été trop vive; mon âme souffre encore, mais mes forces sont épuisées. Quand la lampe s'éteint, elle jette encore des lueurs vacillantes: c'est l'agonie qui commence. Tenez, mes chers amis, placez votre main sur mon cœur? il ne bat presque plus; m'a vie ne tient plus qu'à un fil.
(Elle tombe. — Rabutin cherche à la relever, Mme de la Mothe saisit son bras.)

LA PRINCESSE

Ah! laissez-moi mourir. J'ai assez vécu; je dois, je veux mourir ici même où j'ai tant souffert, entourée de ceux qui m'ont toujours aimée, qui ne m'ont jamais abandonnée, au milieu de ces braves gens, auxquels j'ai fait quelque bien et qui n'oublient pas leurs bienfaiteurs. Ah! que Dieu vous récompense pour moi, vous, chère amie, qui êtes condamnée à me survivre, après m'avoir été toujours si fidèle, vous cher enfant, qui reveniez pour me rendre la liberté et me donner cette famille, qui m'a toujours manqué. Adieu, je vous bénis. Vous, bons habitants de cette ville, si j'ai mérité quelque chose de vous, que mon nom vous reste cher et rappelez-vous quelquefois la pauvre prisonnière du château. Ma dernière joie sur la terre aura été d'assister à vos plaisirs innocents. C'est Dieu qui vous a tous ramenés ici, en ce moment, afin que mes yeux ne voient que des amis en se fermant à la lumière.

(On emporte la princesse, qui vient de s'évanouir de nouveau. Mme de la Mothe et Rabutin l'accompagnent; ils rentrent immédiatement après.)

SCÈNE VI

LES MÊMES (Sauf la Princesse).

Mme DE LA MOTHE

Madame la Princesse n'est plus! Priez pour l'âme de très-haute et très-noble dame Clémence de Maillé-Brézé, princesse de Condé. Elle fut la meilleure et la plus malheureuse des femmes. Voilà le sort de ces grands que nous envions tant! Plaignez-les! Plus ils sont élevés, plus ils paient cher, souvent, les faveurs de la fortune.

MATHURIN

Mes amis, bénissons le ciel qui nous a faits petits, pauvres et obscurs. Il nous a donné la meilleure part en nous donnant le travail, fils de l'honnêteté et compagnon du bonheur.

RABUTIN

Il y a un Dieu, vengeur du crime. La peine retombe sur la postérité de ceux qui l'ont commis; la justice a son tour; elle tarde parfois un siècle, mais elle a son heure. Tôt ou tard, le malheur s'appesantira sur la famille des Condés. Que de sanglantes catastrophes je prévois pour leurs descendants....

FIN

IMPRIMERIE CENTRALE A. FAURE

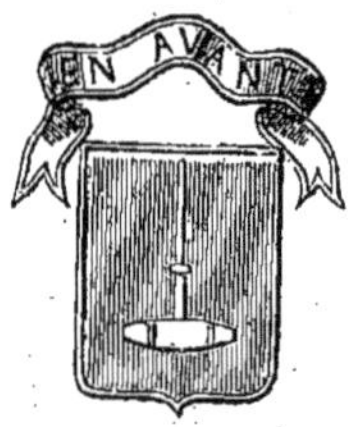

A CHATEAUROUX

www.ingramcontent.com/pod-product-compliance
Ingram Content Group UK Ltd.
Pitfield, Milton Keynes, MK11 3LW, UK
UKHW022120190726
13855UKWH00003B/986

9 782013 061353